ハートブレイカー

シャーロット・ラム 作

長沢由美 訳

JN259524

ハーレクイン・イマージュ

東京・ロンドン・トロント・パリ・ニューヨーク・アムステルダム
ハンブルク・ストックホルム・ミラノ・シドニー・マドリッド・ワルシャワ
ブダペスト・リオデジャネイロ・ルクセンブルク・フリブール・ムンバイ

HEARTBREAKER

by Charlotte Lamb

Copyright © 1981 by Charlotte Lamb

All rights reserved including the right of reproduction in whole or in part in any form. This edition is published by arrangement with Harlequin Enterprises ULC.

® and ™ are trademarks owned and used by the trademark owner and/or its licensee. Trademarks marked with ® are registered in Japan and in other countries.

Without limiting the author's and publisher's exclusive rights, any unauthorized use of this publication to train generative artificial intelligence (AI) technologies is expressly prohibited.

All characters in this book are fictitious. Any resemblance to actual persons, living or dead, is purely coincidental.

Published by Harlequin Japan,
a Division of K.K. HarperCollins Japan, 2025

シャーロット・ラム

第 2 次大戦中にロンドンで生まれ、結婚後はイギリス本土から 100 キロ離れたマン島で暮らす。大の子供好きで、5 人の子供を育てた。ジャーナリストである夫の強いすすめによって執筆活動に入った。2000 年秋、ファンに惜しまれつつこの世を去った。ハーレクイン・ロマンスやハーレクイン・イマージュなどで刊行された彼女の作品は 100 冊以上にのぼる。

主要登場人物

カロライン・ストール……広告代理店のコピーライター。
ケリー……………………カロラインの娘。
ピーター…………………カロラインの亡き夫。
ヘレン……………………カロラインの義母。ピーターの母親。
ジャネット・フレイザー……ヘレンの友人。
デードル…………………カロラインの隣人。
シャーロン………………デードルの娘。
ジョフリー………………カロラインの雇い主。
ニック・ホルト…………ピーターのいとこ。会社社長。
ベントール夫人…………ニックの家の家政婦。
ヘイゼル・スケルトン……ニックのガールフレンド。
フレイ・フォレスター……医師。

1

コメディー・ショーはうんざりするほど退屈だけれど、わざわざ立って行ってテレビのスイッチを切る気にもならない。どこかでドアがばたんと閉まる音がして、カロラインは緊張した。ケリーかしら？　起き出してバスルームへ行ったのだろうか？　しばらくケリーに夢遊病の症状が出ていたことがある。その時カロラインはひどくおびえたが、娘を起こす勇気はなく、ケリーが無事にベッドにたどり着くまではらはらしながらついて歩き、そして無力な自分を泣いたものだった。意識に深く埋めこまれている記憶が、失われた魂のようにあの子をあてもなくさまよわせるのだろうか？

しかし、ありがたいことに、それもやがておさまった。治ってからそろそろ一年になる。子供は想像以上に強靭《きようじん》な精神を持っているものらしい。大人よりも心の傷から立ち直るのが早い。

カロラインは重い腰をあげてテレビを消した。居間から出てみても、狭いバンガロー形式の家は静まり返っているだけで、子供部屋のドアも閉まっていた。

たぶん思い違いだったのだろう。あれから三年もたつのに、いまだに正気を失うほど怖がっている。恐れを心の奥底にしまいこんでも、いつの間にかひそかにまた恐怖が芽生え、身の毛もよだつ青い根を出してくねくねと意識の中へ入りこみ、一番そうなってほしくない時に限って顔を出すのである。

居間へ戻ろうとした時、外の小道で足音がして玄関のチャイムが鳴った。デードルかしら？　彼女は夜突然やって来ては、砂糖を貸してくれと言ったり、牛乳屋の噂話《うわさ》をしたりする。

カロラインは笑みを作りながらドアを開けた。風がはちみつのようなブロンドの髪をくしゃくしゃにしたので、カロラインは片手で髪を払いのけた。

玄関の灯が、苦虫をかみつぶしたような男の顔を映し出した時、笑みが凍りついた。男の冷ややかな青い目が恐怖で見開かれたカロラインの目をとらえる。思わずドアを閉めようとしたが、男が肩でドアを押したので、カロラインはあとずさった。叫び声が手でさえぎられ、ドアは閉まった。

壁に押しつけられたカロラインの顔は真っ青になり、緑の目は大きく開き、心臓が狂ったように高鳴っていた。

「こんばんは、カロライン」この声を聞くのは三年ぶりだったが、低い氷のような声は少しも変わっていない。

カロラインはドアの向こうに注意を向けた。もうひとつの足音、もうひとつの声が聞こえるはず。当惑と恐怖で心がぐるぐるまわるようだ。カロラインは乾いたくちびるを舌で湿し、喉もとに引っかかっていたかたまりをなんとかのみこんだ。

「いったい何をしにいらしたの？」そして、ほとんど無意味とも思えるほど省略された質問が喉から絞り出された。「おひとり？」

青い目が軽蔑《けいべつ》するように細くなり、直線的なくちびるはきっと結ばれた。「そう、ひとりだ」男は質問の意味を尋ね返したりはしなかった。

恐怖感はほんの少し弱まったが、決定的な時がやがてやって来るのは避けられないことだった。カロラインは身を固くして壁に寄りかかり、肌を半透明に見せている黒い瞳孔を広げて男を見つめていた。

「お望みは何？」カロラインはこうささやいたが、本当にききたいことは違っていた。

男は嘲笑《ちょうしょう》を浮かべるだけだった。

「どうしてここがわかったの？」

「私立探偵に頼んだのさ」男はゆっくりとそう言った。

知らないうちに自分の生活が調べられていたのかと思うと、カロラインの胸は痛んだ。

「ずい分手間がかかったよ。きみは抜け目なく足跡を隠していたからね」

「私立探偵はどうやってここを見つけたのかしら？」弁護士が裏切りでもしない限り、見つかることはないはずだった。住所を知っているのは弁護士だけで、彼は秘密を守ると約束したのだから。

男は笑いながら「そんなことを教えるつもりはない」と言い、重そうな黒のオーバーを脱いで、むとんちゃくに椅子に投げかけた。

ストライプの高価なシャツに包まれた筋肉質のからだ、冷たい印象を与える鋭角的な横顔、頬に影が映るほど濃くて長いまつげ。カロラインは男を強く意識して、目をそらした。

「中へどうぞって言ってくれないのか？」男がこう言うと、カロラインは振り向いたが、自分の気持を知られるのを恐れて、目を合わせるのを避けた。

「もう入っていらっしゃるわ。お招きもしないのに」

男は冷ややかな笑みを浮かべた。いや、カロラインにはそう感じられた。「喜んで迎えてくれてはいないようだな」カロラインが黙っているので、男は続けた。「目の前でドアをばたんと閉められるのには慣れていないんだ」声は快活だったが、底のほうに怒りが流れていた。

黒々とした髪をかきあげながら男が歩き出した時、狭い玄関がさらに小さく見えた。ニック・ホルトの肉体は他を圧倒する。広い肩幅、高い身長、逆三角形に引き締まった上半身。伸び伸びとくつろいでいる時、青い目はいたずらっぽく輝き、厳しい顔がゆるんで魅力的な笑みがこぼれるのだが、今晩はその魅力のかけらも見られない。彼女がケリーを連れて逃げ出すずい分前に、彼はほぼ笑みをやめたのだった。

「この家はきみのもののようだが、どうしたんだい？」質問は形式的だった。なぜなら彼は答えを知っているのだから。

「買ったのよ」カロラインははっきり答えた。穏やかにしゃべることによって、ようやく感情をコントロールできるような気がしたのである。

ニックは居間を興味深そうに見まわした。必要最小限のものしか買えないので、狭い部屋も広々と整然としているように見える。じゅうたんは安売りで買ったし、家具は勤め先の代理店が広告を扱った会社から安く手に入れた。壁紙は自分で貼《は》ったし、ペンキも大部分自分で塗った。人間誰でもやればできるのだ。三年間で、カロラインは自分の中にある、思ってもみなかった可能性と能力を発見していた。

壁には、子供が描いたと思われる絵が、額に入れずにかけられている。ニック・ホルトがその絵に目をとめたので、カロラインは心配そうに彼を見守った。それは一年前にケリーが描いた黒い窓のある家の絵で、わずか六歳の子供の作品にしては、すごい力が感じられた。家の影は庭を覆い、走っている小さなふたりの人間にも届いている。この絵を見た瞬間、カロラインの胸は痛んだ。学校の先生も複雑な顔をしていた。しかし、ケリーは自分なりに結論を出して感情をぶつけたのであり、このことを忘れないために、カロラインはこの絵を居間の壁に貼ることにしたのだった。そして、感情を形として表に出したことがケリーを暗い思い出から自由にしたのか、それ以来、夢遊病はぴたりとやんだ。

ニック・ホルトにこの絵を見られて動揺し、カロラインは彼の注意をそらすために何かを言わなければならないと感じた。

「何がしたいの？　どうしてわざわざ来たの？」

「なぜだと思う？」振り向いたニックの顔は厳しかった。

「悪いんですけど……」カロラインの神経はぴりぴりしていた。「話し合いはしたくないの。話すことは何もないわ」

「こっちには大ありなんだ」氷を粉々に砕いたような声だった。

「お願いよ」

ニックはポケットに手を突っこんで憎々しげに彼女を見つめた。「言うべきことを言うまでは帰らない。遠くからわざわざやって来て、やっと会えたんだから。黙ってぼくの話を聞くんだ」

勇気が少しずつ湧《わ》いてきて、カロラインはドアのほうへ足を踏み出した。「どうやら強く言わなければならないようね」

こわばった笑みを浮かべているニックの青い目が軽蔑するように光った。

「どんな音もご近所に筒抜けなのよ。金切り声をあげれば、何事かとばかり、みんなが飛んで来るわ」

言葉が終わらないうちに、ニックはカロラインの前に立ちふさがっていた。足が長いのであっという間に部屋を横切ることができるのだ。叫び声は大きな手にさえぎられ、カロラインは抗議しながら彼をにらんだ。

「やってみろ」ニックは微笑を浮かべたが、ユーモアのかけらもない笑みで、雰囲気を明るくするものではなかった。

引き締まったからだがあまりにも近くにあるために、痛みの混じった震えがカロラインの中を駆け抜けた。ニックは、カロラインが金色のまつげをかすかに震わせながら目をそらすのをじっと見ていた。

ふたりの息だけが狭い部屋を満たしていく。カロラインが震えているのは、もはや恐れのせいではなかった。

ニックは鋭く息を吸い、背中を向けた。カロラインはふらふらとソファに沈みこんでしまった。からだは氷に包まれたように冷たい。

ニックも同じように自分を取り戻す時間が欲しいのか、部屋の中を歩きまわって、いろいろな物を手に取ってみたりしている。カロラインはただひたすら、呼吸がゆっくりになり、けいれんしたように打っている心臓が正常に戻るのを待っていた。

やっと混乱がおさまり、カロラインはここがもう安全な場所ではなくなったことを悟った。城壁は破られてしまったのだ。再び逃げ出して、ケリーをあの黒い影の届かないところへ連れ出さなければならない。

あんなに苦労して今の生活を築きあげたのに、また一から始めなくてはならないなんて。その勇気を見つけ出すためにはどうすればいいのだろう？　そのことを考えるだけで、とても疲れる。

「ヘレンが重病なんだ」ニックが急に振り向いて、いきなり言った。

心臓が止まりそうになり、胃が激しくむかついた。

「重病？」おびえながらニックの顔を見つめたが、顔の中に答えは見つからなかった。彼がヘレンの話をしに来るなんて、いったい何が起こったのだろう？

「肺炎で……」

「肺炎？」安堵《あんど》と苦悩の入りまじった声でカロラインは繰り返した。

「死の一歩手前までいったんだ。まわりの人間は本当に死んでしまったかと思ったくらいだからね。でも、奇跡的に回復した。そうはいっても、やはり重症であることに変わりはない。そして、ヘレンはケリーに会いたがっている」

ニックの言っていることが本当だという証拠はなく、罠《わな》である可能性はあったが、カロラインにはそうは思えなかった。この顔は嘘《うそ》を言っている顔ではない。大好きなヘレンに会いたいのは山々だったが、カロラインはくちびるを震わせながら首を振った。

「ごめんなさい。そうできたらいいんだけど」

「きみの一存で決めてもらっちゃ困るんだ」ニックの顔に怒りが広がった。「ヘレンに、どんなことがあってもあなたの孫を連れて来ます、と約束して出て来たんだから。約束を破る気はない」

ニックの声があまりにも大きくかん高いので、カロラインは縮みあがってドアのほうをうかがった。

「声を落としてください。この壁は紙みたいに薄いのよ。あの子が起きたらどうするの？」今、一番困ることは、ケリーが目を覚ましてやって来て、ニックに会うことだった。

ニックはいらだちを隠そうともせずに部屋を横切った。磨きこまれたチーク材のサイドボードに飾ってあるケリーの肖像写真を取りあげたニックは、長い間じっとその姿を見つめていた。

「この子はあまりきみに似ていないね」かわいいというより利口そうな顔をしているケリーの肌はオリーブ色で、目は琥珀《こはく》色、ストレートヘアは茶色だった。

「ええ、そうよ」カロラインはうなずき、少しためらっていたが、かすれ声で続けた。「時々、どきっとするほどお母さまに似ているわ」

ニックは濃いまつげの下から鋭くカロラインを見て、「そうかい、そうだろうな」と言いながら写真をおろした。「いつ撮ったんだい？　最近のもの？」

「ええ、半年前に学校でね」毎年一回写真屋が学校を訪れて、クラス全員の写真と個人の写真を撮って、特別価格で売るのである。カロラインには、個人的に写真館で撮影してもらうほどの余裕はないので、春の学期が始まる時に撮る写真はありがたく、額に入れて飾ることにしているのだった。

「元気そうじゃないか。赤ん坊の時は神経質そうな顔をしていたが」

カロラインは顔をそむけた。子供はまわりの人の感情を察知する、独特のアンテナを持っているものだ。乳母車の中にいた頃のケリーは、大きな琥珀色の目にかすかに苦悩の表情を浮かべていた。普通なら子供の神経はささいな物音にもたじろぐほどぴりぴりしているものではないのに、ケリーは違った。痛々しいまでにおとなしいのである。何も知らない人は、「なんてお利口な赤ちゃんなの!」と言ってケリーを褒めたが、カロラインは、喜ぶべきことではないと思っていた。ケリーは不自然なほど静かで、喜怒哀楽を表に出さない、用心深く神経過敏な赤ん坊だった。

しかし、三年間で徐々に精神が安定してきたケリーは今、ごく自然に笑える、元気いっぱいの七歳の女の子で、五分ごとに神経質に眉をひそめて後ろを振り向くこともない。

「ニック」カロラインは静かに口を開いた。「どうしてもケリーをスケルデールへ連れて行くことはできないわ。たとえお母さまのためだとしても……」

ニックは蔑《さげす》むようにカロラインを見た。彼にはそうするだけの理由があり、カロラインはされるままになるしかなかった。

「ピーターは死んだ」そうつぶやいたニックを、カロラインはぽかんとして見ていた。その言葉は石のように心の底へ重々しく落ちていき、理解、感情、反応の層を粉々にしてしまった。

カロラインの目はニックをとらえていたが、彼女は彼を見ていなかった。数年間しっかり心をとらえて離れなかった恐怖がいきなり消え去ったので、ショックのあまり感情がなくなってしまったのである。

ニックの声は太く厳しくなり、青い目には怒りが浮かんだ。彼はカロラインの目を覚まさせるように言葉を投げつけた。「三カ月前、交通事故で死んだんだ——止まっているトラックに自分から突っこんでいって、車はあっという間にスクラップ同然だったよ」

カロラインは膝の上で両手をしっかり組み合わせて、震えながら虚《うつ》ろな目でニックを見ていた。

ニックはすごい形相をしてからだを揺すった。

「ひどいものだな、きみには血が通っていないのか！　悲しがってみせることすらできないのか？　夫の死を聞かされても、彫像のようにじっと座っているだけだなんて、いったいきみはどんな女なんだい？　五年も連れ添ったんじゃないか。こんなことはきみにとってなんでもないというのか？」

ニックの残酷な言葉はカロラインが自分を守るために身につけていた薄い殻に突き刺さり、その殻は音をたてて壊れた。カロラインは反射的に両手で顔を覆ったが、ニックはかがみこんで彼女の手を払いのけ、あごを持ちあげ、緑の目をのぞきこんだ。

「ごまかすんじゃない」ニックが吠えたてると、カロラインの大きな緑の目から涙が溢《あふ》れ出したが、ニックは毒づいた。丸いあごをつかんでいる指に力がこもり、彼は苦々しげに彼女の顔を押しやって、暖炉のほうへ歩いて行った。「そら涙はやめることだ。今では遅すぎる。そんなことでぼくはだまされやしないからな、カロライン」

カロラインは震える手で涙をぬぐいながら、落ち着きを取り戻そうとしていた。最初の衝撃が過ぎ去ったあと、ニックの知るはずのない、そして決して打ち明けることのできない感情の波につかまっていたのだった。

ニックはじゅうたんの花模様をじっと見つめたまま立っていた。そして靴の先はピンクの花の中に編みこまれている緑色のつるをなぞっていた。

ようやく話ができるようになり、カロラインはかすれ声で尋ねた。「その知らせをお聞きになった時、お母さまのご様子はどうだった？」

「ひどく悲しんでおられたよ」ニックは目を伏せたまま答えた。カロラインにはその時のヘレンの姿が見えるようだった。ついさっきわたしの心の平静を失わせた、衝撃と安堵が入りまじった複雑な感情が、同じように彼女にも押し寄せたにちがいない。しかし、それがどうしてニックにわかろうか？　ヘレンはいまだにしっかりと秘密を守っているのだから。ああ、かわいそうなお母さま。どんなにつらかったことだろう。ひとりで息子の死を受けとめなければならなかったなんて。彼女の本当の気持を理解しているのはこのわたしだけ。ヘレンはすべてを胸の中にしまいこみ、人知れず苦しんでいた。そしてこれからも……。

ニックの青い目は再びカロラインの顔をとらえたが、冷ややかさはさらに深まっていた。

「それ以来、ヘレンはまったく別人のようになってしまったんだ。肺炎になった時、ぼくは驚かなかった。でも、食事もしなくなり、外出もしなくなって、とうとうかかしのようにやせ細ってしまったんだ。きっと死にたかったんだと思う。持ち直したのは奇跡だね……わずかな力もなくなっていたんだから。医者も手を尽くしてくれたし、ぼくはヘレンに死んでほしくはなかった。だから、こうしてここへやって来たんだ。きみとケリーはぼくと一緒にヘレンのところへ帰るんだ。たとえ引きずってでも連れて帰る覚悟だ」

カロラインはやっとうなずいた。もはや帰るのを引きとめるものは何もない。

ニックのくちびるは不愉快な笑みでゆがんだ。

「行ってくれると思っていいんだな？」

「ええ」

「態度を変えたというわけか」ニックは落ち着きなくからだを揺らしながら、壁際へ行った。「理由はお互いによくわかっている」ニックは振り向いて大声を張りあげた。「ピーターが死んだという知らせを聞いたとたん、きみは百八十度態度を変えたというわけだ！」

沈黙が流れたが、突然電話が鳴り出し、ふたりはびっくりして電話のほうへ目をやった。

カロラインは震えながら立ちあがり、受話器を取る。

「カロライン？　どうしたの？　大丈夫？」ためらいがちに、デードルが心配そうに尋ねた。「差し出がましいかもしれないけれど、男のどなり声が聞こえたような気がしたものだから。大丈夫？」

「ええ、ちょっとお客さまがみえているの。大丈夫よ」なんでもないことを強調するために、カロラインは声の中に笑いを混ぜた。「親戚の人が病気になったのよ。心配してくれてありがとう」

「まあ、そうだったの。ロビンは余計なことをするなって言ったんだけど、あなたひとりでしょう？　気になったのよ」

「本当にありがとう」

「ロビンはジョフリーじゃないかって言ってるのよ」デードルの声には好奇心がうかがわれる。

「いいえ、彼じゃないわ」

後ろでニックが動く気配がして、カロラインは振り向いた。ニックが厳しい顔をして真後ろに立っていた。

「切るわよ」カロラインが言った。「またね」

「しばらくわたしにケリーを預けてくれない？」デードルはいつもケリーの面倒を見てくれる。彼女にもケリーと同年齢の娘がいて、ふたりの女の子は双子のように仲が良く、何をするのも一緒だった。

「ありがとう。でも、あの子も連れて行くことになると思うの。あの子のおばあさまのところへ行くのよ」

「まあ」デードルが驚きの声をあげた。カロラインは今まで一度も親戚のことを口にしたことはなく、まわりの人は、ケリーの他に係累はいないという印象を持っていたのだった。「わかったわ」カロラインがそれ以上情報を提供しそうもないので、デードルは尋ねるのを諦《あきら》めた。「明日の朝顔を出すから、何かわたしにできることはないか、考えておいてね。いい？」

「本当にありがとう」カロラインは礼を言い、デードルは「おやすみ」と言って電話を切った。

受話器を置いて振り向くと、ニックが怖い顔をして立ちふさがっていた。カロラインはたじろぎを隠そうとしたが、ニックはそれを見抜いて口を緊張させた。

「誰なんだ？」低くざらざらした声だった。

「お隣さんよ。あなたの大声が聞こえたんですって」カロラインは辛らつな笑みを浮かべた。「だから言ったでしょう？ どんな小さな音もご近所に筒抜けなのよ」

「そのせいで、きみも時々窮屈な思いをしているにちがいない」氷のような青い目がカロラインを見つめた。

不愉快なことを言う時にニックが口をかすかにゆがめる癖があるのを知っているカロラインは、言葉の裏にある皮肉にわざと気がつかないふりをしていた。

ニックの顔がこわばった。「車で来ているから、きみとケリーを乗せて行こうと思っている」

「ありがとう」カロラインは形式的に礼を言った。

ニックは顔をしかめ、両手をポケットに突っこんだままじっとしている。

「わたしの居場所がわかったことをお母さまはご存じなの？」声がしわがれていた。

ニックはくちびるの端をつりあげてカロラインを見た。「まだだ」

カロラインは驚いた。どうして彼はヘレンに話さなかったのだろう？

「この目でたしかめるまでは知らせないでおこうと思っていたんだ」

「私立探偵は十分な情報を提供しなかったっていうの？」カロラインの顔が皮肉っぽくゆがんだが、ニックは冷ややかな目で彼女を見た。

「調べられる限りのことを報告してくれたよ。ただ、それが知るべきすべてなのかどうかはぼくにはわからなかったがね」

「他に何を期待していたっていうの？」

「どうしてひとりなんだ？」ニックが厳しい声で単刀直入に尋ねたので、カロラインはびっくりして彼を見た。

「ひとり？」

「だって、ここには、きみとケリーだけしかいないじゃないか。ステファン・ライランドはいったいどうしたんだい？」

カロラインの頭は混乱した。「ステファン・ライランドってどういうこと？」カロラインは青い目を見つめて繰り返した。

ニックの冷ややかさは、カロラインを縮みあがらせるほどの怒りにとって代わり、カロラインは身を固くした。

「とぼけるのもいいかげんにしろ！　ちゃんと証拠はあがっているんだ。結論を出すのはそう難しいことじゃなかったよ。きみはライランドと同じ日にスケルデールから出て行った。ピーターはきみたちの間に何が起こっていたか、あの時すでに気づいていたんだ」

そういうことだったのね。ピーターはわたしが急にスケルデールから姿を消したことを、そういうふうに説明していたのだ……カロラインは苦々しく思った。

「ステファンがスケルデールを出たことさえ知らなかったわ」カロラインは冷静に言った。

「知らなかった？」ニックは鼻で笑った。「詳しい事情を知らなければ、きみの言葉をあやうく信じていたところだよ！　その大きな緑の目はどんな人間でもころりとだまされてしまうほど澄んでいるからな。どうしたっていうんだい？　あいつに捨てられたのか？　それとも……あいつに飽きてしまったのかい？」

弱々しく目をあげたカロラインの顔は蒼白《そうはく》だった。

「スケルデールをあとにしてからステファン・ライランドに一度も会ってなんかいないし、彼があの町を出たことも知らなかったし、彼に興味を持ったことなんかまったくないと言ったら、信じてくれるのかしら？」

「いや、信じないね」ニックはそっけなく言った。

カロラインは肩を落としてため息をついた。「そうよね」その他にどういう答えを期待していたというのだろう？　ニックはピーターが言ったことをうのみにしていて、わたしの言葉に耳を傾けようともしない。そのうえ、今になっても、わたしは彼に真実を語ることはできないのだから。

「どうやって生計をたててきたんだい？」ニックが尋ねた。「この家をどうやって手に入れたのかな？　ちょっとした金が要ったはずだが」ニックはまつげをしばたたいて再び部屋を見まわした。「外見はうさぎ小屋のようだが、ロンドンではこれぐらいがちょうどいいのかもしれないな」

カロラインの顔が紅潮した。「四年前に父が亡くなって、オーストラリアの弁護士が父の財産分与にあたってくれたの。わたしにかなりの額の遺産が残されていたわ」とは言うものの、家を購入すると遺産は失くなってしまい、日々の生活にかかる費用はカロラインの給料でまかなっていた。

「それはよかったな」とニックが言い、カロラインは渋面を作った。三年前、逃げるようにスケルデールをあとにした時、父の遺産がなければ、ケリーとふたりだけでやっていくことができなかったのは事実だ。遺産は本当にタイミングよくころがりこんできたし、ケリーがいなければ生きていくこともできなかったかもしれない。

「大手の広告代理店にフルタイムで勤めていながら、どうやってケリーの面倒を見ているんだい？」

「お隣の人が、朝は学校へ連れて行って、午後には迎えに行ってくれるの。彼女のところのお嬢さんはケリーと同じクラスなのよ。そして、夜わたしが帰って来るまで、ケリーはお隣で遊んでいるわ。デードルって本当にいい人。彼女がいなければ、きっとわたし、やっていけないと思うわ」

ニックの口に乾いた笑みが浮かんだ。「きみが働きに出ている間、隣の人はケリーを背負いこむってわけか」

カロラインはその言葉に腹をたてて身を固くした。

「わたし、デードルの親切につけこんでなんかいないわ！　おっしゃる意味がそういうことなら。お互いに都合がいいからそうしているだけなのよ」

「わかってるよ」ニックはわざとゆっくり言ったが、青い目は少しも信じていないことを物語っていた。

「デードルは外へ働きに出ないで自分のおこづかいが欲しいのよ。ケリーの面倒を見れば、少しだけど自由になるお金が持てるし、自立したような気分も味わえるからよ」デードルは結婚前、大きなデパートに勤めていたことがあるが、今は外へ出たくないのである。「時間給でちゃんとお金を払ってるわ」

カロラインは激しい調子で言った。「この辺のベビーシッターの相場は出してるわ。決して彼女を利用なんかしていないんだから」

他に取るべき道がなかったにもかかわらず、今の暮らしぶりに罪悪感を持たないわけにはいかないので、ニックに指摘されてカロラインは余計に腹をたてていた。外へ出て稼がなければならないのだが、どうしても娘から離れて過ごしている時間に対して罪の意識を振り払うことはできなかった。

「そろそろ帰っていただけないかしら？」カロラインは背中を向けた。「疲れたの。明日何時に迎えに来てくださる？」

「九時だ」ニックはカロラインに続いて居間を出て、玄関に置いたオーバーを取りあげ、袖を通し、襟を正しながら、黒い髪をなでつけた。「おやすみ」ニックは値ぶみするようにカロラインのからだを眺めた。冷ややかな目が、小さいが形のよい胸、くびれたウエスト、ゆるやかな曲線を描いている腰へと動く。ピンクのドレスは、カロラインの気持に反してからだの線をくっきり表していた。

カロラインの顔に血がのぼり、玄関の扉を開けるニックを緑の目がにらんだ。

「いい夢を見ることだ」ニックはこう言い捨てるとドアの向こうへ姿を消した。忍耐が限界に達し、カロラインの目からは大粒の涙がこぼれた。

2

数年前、医者に睡眠薬を処方してもらっていたが、深く眠りすぎてケリーが自分を呼ぶ声が聞こえなくなるのを心配して、薬をひかえていた。そのため、ここ何年もぐっすり眠ったことはなく、ほとんど眠れずに過ごす夜も時々ある。しかし、睡眠が足りなくても人間というものは生きていられるものらしく、カロラインの睡眠時間はせいぜい五、六時間で、もしそうしなければならないとしたら四時間でもかまわなかった。

ところが、その夜は枕に頭をのせたとたん眠ることができた。居間で一時間ばかり泣いたあと、子供部屋をのぞいてみたが、ケリーは顔を横に向けて、片手を茶色の頭の上に投げ出し、ぐっすり眠っていた。カロラインはその手をそっと毛布の下にしまい、額にキスをしてこっそり自分の寝室へ行ったのだった。

目覚めた時、庭で小鳥がさえずっていた。目覚しをかけるのを忘れていたが、時計を見ると、まだ七時少し過ぎだった。

ぼんやりとした秋の日ざしを眺めるカロラインの頭にスケルデールの思い出がどっとよみがえってきた。一面に紫色のヒースが咲き乱れる荒地、澄みきった秋の青空、輝くスレート屋根。スケルデールという名前はカロラインに突き刺すような思いを運んでくる。

子供部屋で物音がし、カロラインは身を固くした。どうやってスケルデール行きを切り出せばいいのだろう？　ケリーは年齢のわりに早熟だが、まだ死を理解できるとは思えない。父の死を知った時の娘の反応を想像して、カロラインはおじけづいてしまう。

ドアが開き、とがめるような表情をした、小さい顔がのぞいた。「もう七時を過ぎてるのに、まだ起きていないのね。遅刻しちゃうわよ！」

カロラインは笑みを浮かべて手を差し出した。

「今日は学校には行かないのよ。こっちへいらっしゃい。お話があるの」

ケリーはベッドによじのぼり、ぬくぬくしている毛布の中へ入って来た。「土曜日じゃないのに」

「聞いてほしいことがあるの」カロラインがこう言うと、ケリーの顔は心配そうにゆがんだ。子供というものは動物の本能を強く持っている。ケリーは母の心の微妙な震動を敏感に察知したらしい。「パパのことなのよ」カロラインは、小さなからだがすっと緊張するのを感じた。

こんなつらい経験はしたことがないといってもいいぐらいで、時間に余裕があれば、もっと切り出しやすい時を選ぶこともできるのだが、ニックがやって来るまでにどうしても話しておかなければならなかった。

娘の反応は奇妙なほど母親のそれに似ていた。ケリーも涙を流したが、それはピーターを失った悲しみのためではなかった。彼女もそのことに罪の意識を感じている。この子も恐怖が去っていったことにほっとしているのだ。実の父の死を願う人間などいないが、怖い存在だった父がいなくなって、安堵《あんど》感と罪悪感で胸がいっぱいなのだろう。

「パパは病気だったのよ。とても重い病気。だから自分を責めちゃいけないわ」

しかし、泣くことはケリーにとって良いことだった。涙は罪という重い石を洗い流すし、黒い家や庭を描くことで外に表れていた、心の奥深くに埋めこまれた敵意や恐怖心をすべて流し出してくれる。

カロラインは娘を抱きあげてベッドからおろした。

「これからおばあさまのところへ行くのよ。お会いしたいでしょう？　だから、急がなくちゃ。ね？　お顔を洗っていらっしゃい。朝食の用意をしておくから」

「おばあさま？」涙がおさまってきた。「本当？　あたしたち、スケルデールに行くの？」

「もちろんよ。おばあさまに会うんだもの」カロラインは娘を洗面所へ連れて行き、軽くお尻をたたいた。「さあ、お嬢さん、ちゃんとお顔を洗って、着替えをなさい」

　カロラインはゆで卵を黄色い卵立てに入れ、自分で編んだかわいらしいひよこの保温カバーをかぶせた。ケリーのセーターはすべてカロラインの手編みで、長い夜、テレビを見ながら手を動かすのが心の慰めになってた。

　ケリーはおとなしくキッチンへ入って来て椅子に腰かけた。小さな顔は青ざめ、痛々しいほど大人びて見える。

「あたし、おなかがすいていないわ、マミー」

「少しでもいいから食べておきなさい。長いドライブになるのよ」

　ケリーは目をあげた。「ドライブ？　車で行くの？」

　カロラインはうなずいた。「ニックおじさまが連れて行ってくださるのよ。おじさまを覚えている？」

　ケリーは首をかしげた。「たしか……パパのいとこ……だった人よね、マミー？　スケルデールにいらした」

「そのとおりよ。あと一時間もすれば迎えに来てくださるわ。だから、ママが荷造りして着替える間にお食事を済ませておいてね」

　ケリーはこっくりとうなずき、オートミールをゆっくり食べ始めた。

裏のドアがノックされ、デードルが気軽に顔をのぞかせた。「すべて順調？」

　カロラインはうなずいた。「何日留守にするかわからないの。ケリーがしばらくお休みしますって、校長先生にお話ししておいてくださる？」

「ええ、お安いご用よ」

「それから、牛乳と新聞配達の人にもお願いね」他に忘れていることはないかとカロラインは頭をめぐらした。

「鍵《かぎ》を持っているから時々のぞいてみてあげるわ」デードルが約束した。「何も心配しなくていいのよ。ただ、電話番号だけは教えてちょうだい。何かあった時にすぐに連絡がとれるように」

　カロラインは空んじている電話番号を紙に書いて渡した。スケルデールの電話番号を忘れることはできなかった。

「まだ何かあるかしら？」

「面倒じゃなければ、植木に水をやっていただけるかしら？　一週間に何回かやらなくちゃならないのよ」

「オーケー。それから？」デードルは帰るそぶりを見せた。今同じように朝食をとっているシャーロンが母親を待っているのだろう。

「もうないと思うわ」カロラインは微笑を浮かべた。「あなたがいてくれて本当に助かるわ。ありがとう。いつかきっとお返しするわね」

「いいのよ。今は自分のことだけを考えていればいいの。連絡を忘れないでちょうだいね」デードルは微笑をケリーに向けた。「楽しい旅をね、ケリー」

　ケリーが「シャーロンによろしく」と言うのを聞いて、カロラインは不覚にも涙をこぼしそうになった。

「じゃあね、バイバイ」デードルが帰って行くと、カロラインは洗面所へ飛びこんだ。

支度を終えてジョフリーに電話をかける。彼ははなはだ不機嫌な声を出した。「いつまで休むんだい？　その間、ぼくはどうすればいいんだい？」

ジョフリーは才能溢《あふ》れるコピーライターで、宣伝文句を生み出す頭と表情豊かな人当たりのいい顔にかみそりのような舌を備えている男だった。

「ごめんなさい。でも、どうしても行かなければならないんです」カロラインは一度も自分の過去を打ち明けたことはなかったが、ジョフリーは薄々気づいているようだった。彼の直観はいつも鋭く、明るい薄茶色の目の奥にある心は明敏で洗練されていた。

キッチンへ戻って行くと、ケリーが食器を洗っていた。テーブルの上もきれいに片付けられている。ケリーは最後の皿をプラスチックの食器かごに注意深く入れた。

「いい子ね！」ケリーは家事、特に朝の忙しい時の家事をよく手伝ってくれるのだった。

玄関のチャイムが鳴った。

「きっとニックおじさまよ」カロラインはわざと明るく言った。「さあ、おじさまを迎えに行ってちょうだいな」

ケリーはゆっくりキッチンから出て行く。やがて玄関の扉が開いて、ニックの声がした。「おはよう、きみがケリーちゃんだね。見違えたよ。ずい分背が高くなったんじゃないかい？」

彼はカロラインにはあんなに温かくやさしい声で語りかけてはくれなかった。惨めな気持で迎えに出たカロラインをニックは冷ややかに一瞥《いちべつ》した。

「これが荷物だな？　車に積んでくるよ」

「ありがとう」ケリーの前なので、ふたりともとても慎重だった。カロラインは毛皮の縁取りのあるアノラックをケリーに着せていたが、ファスナーをあげる手は震えていた。

「おじさまのことをはっきり思い出したわ」ケリー

が声を弾ませた。「すてきな人ね」

「お手洗いに行っておきなさい」

「行ってきたばかりだもん」ケリーは飛び跳ねながら口をとがらせた。

止めるのもきかずケリーは飛び出して行き、カロラインはコートに袖を通して小刻みに震える手でボタンをはめた。これから数時間ニックと車に同乗することになるのだと思うと、気持が萎《な》えていく。

カロラインは玄関に鍵をかけて外へ出た。一面を木に覆われている丘の眺めが日の光を浴びて美しく見える。夜になると、丘のふもとに灯《とも》る家の明かりが星のように見えるのだが、今空はどこまでも青く広がっていて、地平線のほうにはロンドン市街の屋根や塔が雑然と群がっているのが見える。ロンドン郊外は市街の中心から十二、三キロのところまで広がっていて、巨大な灰色の輪であるロンドンは、何でもむさぼり食う菌のように、毎日、緑の多い地域を食べて大きくなっていくようだ。

カロラインは深く息をついた。スケルデールでの経験は、ヒースの咲き乱れるヨークシャーの美しい町の姿をすっかり忘れてしまうほどつらいものだった。今あの町へ戻り、もはやあの影がそこにとどまっていないことがはっきりした時、どんな気持になるのか自分でもよくわからなかった。

待っている車はいかにもニック・ホルトが乗りそうな、つやつやした黒のポルシェだった。うっとり眺めているカロラインの腕をとって、ニックは助手席のドアを開けた。

「スーパーカーよ、ねえ、スーパーカーでしょう、マミー?」後ろの座席のケリーが身を乗り出した。

「そうね」カロラインがしぶしぶうなずいた時、ニックが運転席に乗りこんだ。

ニックは横目でカロラインを見てからエンジンをかけた。力強いうなり声はスピードが出るにつれて静かな震動に変わった。

振り向くと、コートを引っかけたデードルが、家の前へ見送りに出ていた。カロラインが手を振るのに応えて、デードルも手を振った。

「昼までにはスケルデールに着くはずだ」ニックはスムーズにハンドルを切った。

「どのぐらいスピードが出るの？」興奮して顔を真っ赤にしたケリーがふたりの間に鼻を突っこんで尋ねる。カロラインは心配そうに振り返った。父の死という衝撃的なニュースは心の奥にしまいこまれているようだが、子供というものは外観だけで判断できない。ケリーは不愉快な記憶を抑えるすべを学んでいて、今は、スピードの出るスーパーカーでスケルデールへ帰ることに心を奪われているだけなのだから。

「高速道路まで待っていてごらん。高速道路に入ったら、見せてあげるよ」ニックが約束した。

「うぉおー！」ケリーが大声をあげた。すっかりニックを尊敬したようにケリーは目を輝かして彼を見つめ、カロラインは眉をひそめて目をそらした。

ニックは気軽にケリーに話しかける。決して保護者面をせずに子供にわかるようにしゃべるので、ケリーはうれしくて息を弾ませている。彼女は完全にニックのとりこになってしまったようで、彼女の目にはニックはワンダーウーマンよりもずっと魅力的に映っているらしかった。

高速道路に入ると車はスピードをあげ、追い越すたびに、抜かれた車のドライバーたちはうらやましそうに彼らを見やった。カロラインはニックの長い指が苦もなくハンドルを操っているのを見ていたが、ごくりと喉を鳴らして目をそらした。スケルデールを去る前に気づかないわけにはいかなかった危険な感情が、知らぬ間にゆっくり意識に入りこんできたのだった。

ニックはカロラインがうっかり見せた動揺を見逃さず、青い目に嫌悪と敵意を浮かべた。そういうカロラインの態度が、ピーターのヒステリックな訴えの真実性を証明していると彼は信じこんでいるのである。そしてカロラインの心にはそのことがよくわかる。なんて奇妙で、つらい皮肉なのだろう。

十一時頃、三人はドライブインに立ち寄った。ケリーはコークとビスケットをあっという間に平らげて、娯楽室へ行ってしまい、カロラインは熱すぎるコーヒーを前にして、ピンボールゲームのほうを見ていた。

カロラインはニックがじっと自分を見つめているのを強く意識していた。ゆるくウェーブのかかったやわらかな髪に太陽が当たってきらきらと輝き、風がその髪をもつれさせていた。

「すばらしいお天気ね？」ほつれた髪を直しながら、カロラインは明るく言った。

「そうだな」声には嘲笑《ちょうしょう》が含まれていて、青い目はカロラインをさらに神経質にさせるように、彼女の手の動きを追った。

「わたしたちが行くことをお母さまはご存じなの？」

「ゆうべ電話をかけた」ニックはコーヒーを口へ運んだ。「泣いておられたよ」

カロラインは下くちびるをかんだ。「ああ、かわいそうなお母さま！」

「そのとおりだ、かわいそうに」ニックはわざとゆっくり言った。「ヘレンはきみが大好きなんだから」

「わたしだってお母さまが大好きよ」カロラインは挑むようにニックを見つめた。

「そうかい？」

「そうよ！」

「なのに、きみはこの三年間、クリスマスカードさえ寄こさなかった」片方の眉がつりあがった。

カロラインは混み合っている店内へ目をそらした。ピンボールゲームの機械をのぞきこむケリーの姿が見える。

「広告代理店での仕事を詳しく教えてくれないか？」

カロラインは我に返って、「コピーライターなのよ」と答えたが、じれったそうに付け加えた。「私立探偵が調べあげているんでしょうに」

ニックは広い肩をすくめて口をゆがめた。「きみがどんな石けんを使っているかもね。なにしろ、とてもきちょうめんな男だったから」

「笑いごとじゃありません」カロラインがぴしゃりと言った。「私立探偵にわたしをかぎまわらせる権利はあなたにはないのよ。私生活がそんな人にのぞかれていたのかと思うと、胸が痛むわ」

「きみの私生活は謎《なぞ》のままさ」青い目は冷酷だった。「そういう方面の情報を探偵は仕入れそこなったんだ」

「はっきりさせてちょうだい……。たった今、どんな石けんを使っているかまで調べたっておっしゃったばかりよ！」

「でも、彼はきみがベッドを共にしている男の名前をつかむことはできなかった」ニックはひとことひとことをゆっくり言い、カロラインの顔にピンク色の洪水が押し寄せるのを楽しむように見ていた。

「あてがはずれて、さぞがっかりなさったことでしょうね」カロラインは嫌味たっぷりに言った。

「もちろん、きみと雇い主が慎重な約束をかわしているということは考えられるがね。探偵の話によると、彼は見かけは悪くないそうだ」

「まあ、ばかなこと言わないで！」

ニックはにやりとした。「これで、フレイ・フォレスターが安心することだろう」

カロラインは身を固くした。ピーターの嘘《うそ》をこれ以上ニックに信じさせておくことはできない。噂《うわさ》は医者であるフレイの致命傷にもなりかねないのだから。「フレイとはなんでもなかったわ。あれはピーターの作り話なの。わたしは誰とも不倫な関係を持ってはいないわ」

　ニックは息をひそめて笑ったが、少しもおかしそうではなく、厳しい目でカロラインを見ていた。

「本当なのよ」カロラインは言い張った。「他の人に目を移したことは一度もないわ」

「誓って言えるのか、カロライン？」嘲笑を含んだ声と青い目にすっかり縮みあがり、首筋とこめかみのあたりで脈がどきどき打つのを感じながらカロラインは目をそらした。

　あれは晩秋のたそがれ時だった。カロラインが庭でばらの花を切っている時、ニックが彼女を呼びに来たのだった。蛾がひらひらとあたりを飛んでいた。ニックと並んで歩いている時、カロラインはとても神経質になっていて、蛾が顔の前をかすめると、声にならない叫びをあげた。ニックは驚いて彼女の上にかがみこみ、「どうしたんだい？」と尋ねた。蛾が飛んできたぐらいで大騒ぎをしたのがばかばかしくなり、微笑を浮かべてカロラインが顔をあげた時、ニックがくちびるを寄せてきた。過去も未来もない、気違いじみた感情に身を委《ゆだ》ね、カロラインはくちづけを返してしまった。しかし、ニックはくちづけを急にやめてカロラインを突き飛ばし、ひとことも言わずに去って行ったのだった。

　それからニックはカロラインを避け続けた。自分のくちづけにあんなふうに応じる女なら、他の男と浮気をしても不思議ではないと思ったらしい。カロラインは後悔した。自ら不利な証拠を提供してしまったのだから。どんなことがあってもしてはいけないことは、〝結婚してからわたしが見ていたのはあなただけよ〟と告白することだった。彼はその言葉を信じてくれるだろうか？　たとえ信じてくれたとしても、そんな大それたことがどうしてできよう。
ケリーが息を弾ませながら戻って来た。二人は沈黙の中にいたが、興奮しているケリーは話に夢中で、そんなことに気がつかない。

　イングランド中部地方の肥沃《ひよく》な平野を過ぎると、景色はごつごつしたものに変わった。起伏のある丘やヒースに覆われた荒地。秋が自然の色を、しっとりした緑色から、かさかさになった大きなしだや枯れたヒースの黄褐色に変えていたが、紫の花冠がまだところどころに残っている。

　景色に退屈してきたのか、ケリーの口数は少なくなり、やがてすべすべしたシートに頭をもたせかけてあくびをした。カロラインは、低い岩がうねる変化に富んだ景色をぼんやりと眺めていた。

　隣に座っているしなやかな男の不機嫌な横顔が気になってしようがない。カロラインは羽をばたばたさせながらおりてくるからすや、草ぼうぼうの大修道院の廃墟や、スレート瓦《がわら》をのせた灰色の家々の並ぶ小さな村などに、無理やり精神を集中させた。本当はそんな心境ではないのだが、不気味な沈黙を無視するためには、どうしてもこうしなければならなかった。

　青空が徐々に暗くなってきて、雨がぽつりぽつりと車の風防ガラスに打ちつけた。

「雨よ」ぼんやりしているふたりにケリーが教えた。
カロラインは「そうね」と明るい声を出した。
ワイパーが忙しく動き始めた。外の景色と車の中の空気の両方に調和するように、空も荒れ模様となった。

　これこそがスケルデール。風がうなりをあげながら谷間を吹き抜け、木々は狂ったように揺れ、木の葉が舞って大きな吹きだまりになる。雨が自然を濡《ぬ》らすにつれて、秋の色合いが深まっていく。

「故郷へようこそ」ニックが言った。横目で彼を見たカロラインは驚いた。口もとに笑みが浮かんでいる。

ニックはまるで故郷へ帰って来たのがうれしいというふうにアクセルを踏んだ。黒い車はピストルから飛び出た弾丸のように道路をのみこんでいき、タイヤが悲し気な音をたててきしんだ。

スケルデールは荒地に囲まれた盆地で、冬の木枯らしが直接吹きつけることはない。ヘレンは町はずれに住んでいたのだが、ニックが町へ下っていく狭い道ではなくて左へののぼり坂へハンドルを切ったので、カロラインは驚いた。

「どうして町のほうへ行かないの？」こう言ったとたん、この道がニックの家へ向かう道であることをカロラインは思い出した。

「ヘレンはぼくのところにいるんだ」ニックの顔は無表情だった。

カロラインは身を固くして姿勢を正した。

「退院した時も、とてもじゃないがひとりでやっていけそうもなかったから、ぼくのところへ来てもらったのさ」

「まあ、それはご親切に」と言ったものの、ニックの家にやっかいになるのかと思うと、胸がどきどきする。「でも、わたしたちはマーケット・スクエアのホテルに部屋を取らせていただくわ」カロラインは声が上ずらないことを願って言った。

「きみたちはぼくのところに泊まるんだ」

「ご親切はありがたいんですけど、でも……」

「でもも何もない」ニックはこう言い、再び口を開きかけたカロラインを制した。「部屋はちゃんと用意してあるんだ」

ぞっとするほど怖い目でにらまれ、カロラインは渋々口をつぐみ、顔を赤くしておとなしく座席に沈みこんだ。どうせ二、三日のことなのだから、それぐらいのことには耐えなければならない。

「面倒をかけてごめんなさいね」カロラインはまた冷ややかな視線を受け取った。

「面倒なことなどない。何もかも家政婦がやってくれるから」

「ベントール夫人はまだお宅にいらっしゃるの？」

カロラインはぼんやりとではあるが、ニックの家政婦を覚えていた。頭が白く、やせて、この地方でとれるみかげ石を刻んだような顔をした女性だった。

「そうだ」

高い土手の道を折れると、まばらな木々の間から、屋敷の灰色の壁が見えてきた。遠くのほうに嵐の空が広がり、嵐の中心で稲妻がぴかっと光った。

後部座席のケリーは頬を赤く染め、ピンク色の口を少しだけ開けてぐっすり眠っている。起こすのがかわいそうなぐらいだ。長旅に慣れていないので、疲れが出たのだろう。

車はスピードをゆるめて、背の高い鉄の門を通過した。カロラインは四角い石造りの家を興味深く見つめた。ここには数回しか来たことがないが、思ったより小さいような気がする。後ろの雄大な荒野が装飾のない繊細な建築をちっぽけに見せているのだろうか。

車を止めて、ニックは助手席のドアを開けた。エンジンを切った今、規則正しいケリーの寝息が聞きとれる。

「さあ、ストール夫人……」

その時、後ろで人の声がしてふたりは振り向いた。今にも雨の中へ駆け出して行きそうなヘレンをベントール夫人がけんめいに引きとめているのだった。

「お待ちなさい」家政婦が子供をあやすように言っている。

カロラインが両手を広げて走って行くと、ヘレンは目に涙をためて「ああ、またあなたに会えるなんて夢みたい」とささやき、「ケリーはどこ？　あの子は一緒じゃないの？」とせがんだ。

カロラインは義母にキスし、抱き締めた。「眠ってしまったんですよ。長旅がこたえたようですわ」

荒野から吹きつける風に震えながら、ヘレンは弱々しく泣いた。「早く会いたいわ。ああ、すっかり変わってしまったんでしょうね。わたしが知らないうちに。でも、ふたりを連れてきてくださった神さまに感謝しなくちゃね」

「風が強いですから中へ入りましょうね」ベントール夫人が言った。「また病気がぶり返したらどうするんです？　だめなおばあさんね」

ヘレンは泣き笑いをしながら言った。「ニック、ケリーを連れてきてちょうだい。いいわね？」

「心配なさらなくても、すぐに運んできてくださいますわ」カロラインはヘレンの手を引っぱった。「さあ、中へ入りましょう。ここじゃ、凍えてしまいますわ」

大きな石の煙突に巨大な炎が踊りあがっている。布張りのふかふかした椅子、えんじ色のじゅうたん、ベルベットのカーテン。居間は暖かく、旅人を歓迎していた。

「おかけになってください、お母さま」とカロラインが言っても、ヘレンは座ろうとしなかった。骨と皮ばかりの青白い顔にようやく赤味がさしてきた。以前はこんなにやせていなかったのに、今は、皮膚の下の繊細な骨が透けて見えるようだ。髪も真っ白になり、六十という実際の年齢よりも老けてみえる。カロラインの胸は痛んだ。ようやくニックがケリーを抱いてきた。ケリーはまぶしそうに目をしばたたいていたが、やがて小さな顔がばら色に染まり、目がきらきらと輝いた。

「ケリーちゃん」ヘレンが言った。

ニックが「座りなさい」とヘレンを叱《しか》った。従順な子供のように腰をおろした祖母にケリーが駆け寄り、膝の上によじのぼった。

3

その夜、ケリーが寝たあと、ニックが電話をしなければならないとぶつぶつ言いながら、気をきかせて姿を消してくれた。だから、カロラインとヘレンはごうごうと燃える暖炉の前で語り合うことができた。その日の午後ずっと孫娘と一緒に過ごしたので、ヘレンの血色はずっと良くなっていた。小さなケリーの顔から目を離すことができない義母を見るのは心苦しく、また弱々しいヘレンがあまりにも興奮しているのが心配で、カロラインはヘレンが疲れたそぶりを見せたらすぐに休ませてあげようと見守っていた。

カロラインは時計に目をやって、ほほ笑みを浮かべた。「そろそろおやすみにならなくてはいけませんわ、お母さま」

「ばかなこと言わないでちょうだい」ヘレンは、鼻の頭にしわを寄せた。「うるさく世話を焼く人はベントール夫人だけでたくさんよ」

「いいえ、今日はとてもお疲れになっているんですから」

「こんなに気分がいいのは久しぶりなのよ」ヘレンが言った。「ああ、とてもあなたたちに会いたかったわ。どんなにうれしいか、口では言い表せないぐらいよ」

「わたしたちも帰ってこられて、本当にうれしいですわ。あの子もわたしも、お母さまにお会いしたくてたまらなかったんですもの」カロラインはためらいがちに続けた。「お母さま、あんなふうに出て行きたくはなかったんです。どんなに心配してくださっていたか、よくわかっていましたから。でも……」

「いいのよ」ヘレンは微笑を浮かべてうなずいた。「よくわかっているわ」

「居場所はわざとお知らせしなかったんです」カロラインはくちびるをかんだ。今になって言ってみても心が軽くなるというものではないのだ。「ごめんなさい」

「あなたは一番謝る必要のない人なのよ」ヘレンはきっぱり言った。「わたしこそ謝らなくちゃ。あなたはよく耐えてくれたわ」

「ケリーがいなければ、あれからずっとここで耐え続けていたことでしょう」

「そうね」ヘレンは暖炉の炎を見つめた。

沈黙が流れた。風が煙突の中で大きくうなり、まきの中へ雨がぱらぱら降ってきて、小さな緑の炎が起こった。

「ケリーはずい分変わったみたいね」ヘレンが話題

を変えた。「あなたもいい仕事に就いたようだし。あの子が一生傷あとを引きずっていくんじゃないかって心配していたのよ」

「わたしもそうでした」カロラインは自宅の壁に貼《は》ってある絵のことを思った。あの黒い影は娘の人生から消えた。まったく失くなってしまうことはないかもしれない――それは期待のしすぎというものだ――が、ケリーはあのつらい体験をより楽しい思い出で包み、記憶の最深部に押しこんでいる。三年という月日が、どの子供も持つ権利のある正常で安全な環境を彼女に与えたのだった。それが、これからの彼女の人生の基盤となることだろう。

「会えるとは思っていなかったの」ヘレンのこの言葉はカロラインを動揺させた。「三年というのは長い時間だわ」

カロラインは義母に同情した。たしかに三年前のヘレンは気持が不安定で神経質になっていた。が、今の彼女はぬけがらのようである。

ふたりの目が合った。「つらかったわ」ヘレンが告白した。「あの子はますます狂暴になって、公然と飲むようになったの。フレイがなんとかして病院へ連れて行こうとしてくれたんだけど、事態は悪くなるばかりだったわ。フレイをとても憎んでいたにもかかわらず、アルコール依存症だっていうのがわかるのがいやで、絶対に他の医者にはかからなかったの。自分では、いつでもやめられる、なんて言っていたけれど、どうしてあの子にお酒がやめられたでしょう？　お酒を飲むことが正気を保つ唯一の方法だなんて言って。つかの間の快楽を得るチャンスを諦《あきら》めることができなかったのよ」

カロラインには、スケルデールを去ったあと、この年月にどんな模様が編みこまれてきたのかがよくわかっていた。目には見えなかったが、それはずっと前から存在していたのである。最初、ヘレンもカロラインもそれがどんなに深刻なことかわからなかった。ピーターは巧妙に飲酒癖を隠していたし、彼がお酒に頼っていることに気づいた時、ふたりともその事実が外にもれるのを恐れたのだった。ヘレンはただただおびえて子供のように泣きながら、カロラインに、誰にも話さないでくれと頼みこんだ。ピーターは知られたことに動揺して飲まないことを約束し、数週間約束は守られたが、仕事につまずいて、彼は再びお酒を口にした。そして、それをカロラインがとがめた時に暴力が始まったのだった。

　お酒の量が増えるにつれて暴力は激しさを増していき、往診を依頼されたフレイは、カロラインが階段から落ちたという作り話を信用しなかった。そして、再びピーターは、心を入れ替えてお酒に手を出さないことを誓った。カロラインの顔の傷を見て、自分でもぞっとしたらしい。

　フレイは何カ月もかかって根気強くカロラインを説得した。「治療を受けなくちゃだめだ。彼は病気なんだよ。専門的な治療がどうしても必要なんだ」

「彼はやめようとしているわ」カロラインは言い張った。「本気なのよ、フレイ。お母さまとふたりで毎朝家の中を点検しているの」

「わかっているよ」フレイはそっけなく言った。「同じような話は耳にたこができるぐらい聞かされているんだ。これは今増加しつつある問題なんだよ。この小さな町、スケルデールの中でさえ。いいかい、彼を助けられるのは彼自身だけなんだ。そして、彼に必要なのは、この問題を乗り越えてきた人々の忠告と支えなんだ。気が変わったら、ここへ電話しなさい。夜でも昼でも、いつでも来てくれるからね」

　あらゆることをやってみたが、すべてが徒労に終わった。フレイはどうしてもピーターに何が間違っているのかを認めさせることができなかったのである。そしてピーターは口実を次々に考え出してはお酒を飲み続け、当然のように仕事に行き詰まり、ますますふさぎこんでいった。

ピーターが完璧《かんぺき》な口実を見つけ出すのにあまり時間はかからなかった。他人ではフレイだけが真実を知っていて、彼に知らせたのがカロラインであることに気がついたピーターは、公衆の面前でフレイを攻撃し始めたのである。そして本当の理由を知られたら困るので、ピーターはカロラインとフレイの仲が怪しいという話を捏造《ねつぞう》した。フレイが反論できないように、ほのめかす程度にして。妻に対する嫉妬《しっと》は、お酒を飲む格好の理由になった。

男性に話しかけるだけで夫の嫉妬を覚悟しなければならなかったため、カロラインは萎縮《いしゅく》してしまい、外出もめったにしなくなった。そして、家庭には形のない恐れや不安が満ちた。ピーターがケリーに手をあげた時、ついに一縷《いちる》の望みも絶たれた。ヘレンもカロラインも、いたいけな少女を暴力から守ることに必死になり、夜も昼も心の休まる時がなかった。

そしてとうとうカロラインは逃げ出した。彼女が結婚する前にオーストラリアへ移住していた父がかなりの遺産を残してくれていたので、それを頼りにケリーとふたりでスケルデールを出たのだった。

しかし、一度にピーターへの愛が失くなったわけではなかった。愛は少しずつしみ出ていき、結果として恐れと痛みが残ったのである。カロラインは長い間ひどく緊張して暮らしていたので、緊張を解きほぐし、率直に、恐れることなく人生を受け入れるのはたやすいことではなかった。

「おひとりであんなことに直面させてしまってすみませんでした」カロラインの頬は暖炉のせいで赤く染まっていた。「ピーターが死んだ時、ここにいられればよかったんですけど」多くを語らなくてもふたりの気持は通じ合っていた。どっちみち気持を十分に表しうる言葉などない。ふたりは長い間共通の沈黙の中で暮らしていたので、目の表情だけでお互いを理解することができた。

「一番悪いことは……」ヘレンは口をつぐんだ。

「わかっていますわ」カロラインの声はかすれていた。ふたりとも、最悪の状態――恐ろしいほどの安《あん》堵《ど》感と解放感を知っていた。

「何かできたはずだって思わないわけにはいかなかったわ」

「あれ以上できることはありませんでしたわ」カロラインはきっぱりと言った。「わたしたちは全力を尽くしたんです」

「でも、何かあったはずよ」つらかったのは、誰もピーターを助けることができないことだった。ヘレンの指が膝の上で苦しそうに動いた。「わたしはあの子の母親なんですもの」

「フレイも言っていました。ピーターを助けることができるのは、彼自身だけだって」

「小さい頃、厳しくしすぎたんだと思うわ」ヘレンはゆらめく炎を見つめた。「父親は近寄り難く旧式な人間だったの。男子たるものこうあるべきだという信念を持っていてね。ピーターをよくぶっていたわ――もちろん、本気で憎んでいたんじゃないのよ。でも、あの子は神経をぴりぴりさせていたわ。おしおきをとても深刻に受けとめていたの」

「わたしは一度もケリーに手をあげたことはありません」カロラインが言った。「一度も、です。自分の子供をぶつなんて、信じられませんわ」ケリーは暴力をひどく怖がっていて、言うことをきかない時に母親が与えるちょっとした平手打ちさえ、ケリーには問題外だった。

「今ならわたしもそう思うわ」ヘレンが率直に言った。「でも、時代が違ったのよ。あの子をもっと理解してあげればよかった。でも、あの頃はおしおきなんて珍しいことじゃなかったのよ。学校でもやっていたんですもの」

「ご自分を責めるのはおやめになってください」カロラインは床にひざまずいて、義母の手を取った。「ピーターがあんなふうになったのは、それが原因ではないと思います。彼が弱かっただけなんですわ」

　見えるか見えないぐらいの細い裂け目が、長い年月の間少しずつ広がっていき、彼の性格の中心の大きな穴になったのだろう。よほど性格的な欠陥のある人間でなければ、自分自身と自分のまわりのものを壊したりはしない。

　ヘレンはカロラインの手をぎゅっと握った。「ああ、帰って来てくれて本当にうれしいわ！　話ができるのはフレイだけなんだけど、彼ってとても忙しい人でしょう？　長く付き合わせるのは悪くて。もう、誰かと話がしたくてしょうがなかったのよ。頭の中で考えてばかりいて、気が狂いそうだったわ」

「気が済むまでお話しになってください」本当は、この話はもう終わりにしたかったが、ヘレンのもやもやがすっきりするのならば、いつまでも聞こう、とカロラインは覚悟を決めた。三年間、ピーターを忘れ、過去の中へ葬り、ケリーとふたりで安らかに暮らしてきたカロラインと違って、ヘレンは黒い影と共に生きていかなければならなかったのだから。カロラインは問題を放り出して逃げ出したことにずっと罪の意識を感じていた。ケリーのためなのだ、と弁解してみても、慰めにはならなかった。常に、心の中で冷たい声が、「どのぐらいがケリーのためで、どのぐらいが自分のためなの？」とささやき、カロラインにはこの鋭い質問に答えることができなかった。

　火にあたりながら、ヘレンは低い声で淡々と話し続け、カロラインは義母が経験したつらい光景を目に浮かべながら耳を傾けた。玄関にある〝おじいさんの時計〟が堂々と響きわたり、ふたりは現実に引き戻された。

「まあ、もう十時ですわ！　おやすみにならなくちゃ」

ヘレンがあくびをしながら言った。「そうね、あなたの言うとおりだわ。もう少しでしゃべりながら寝てしまうところだったわ」

カロラインは笑った。「わたしもそうなんです。くたびれましたわ。ニックの車はすごいスピードが出るんですけど、なんといっても長いドライブでしたから。高速道路なんて、寿命が縮む思いでしたわ」

「ケリーは喜んでいたんでしょう？　そうよね？　ごまかさないで。あの子は怖がったりしなかったわね？」ヘレンは真っすぐにカロラインを見つめた。

カロラインは何も言わず、ヘレンの細いからだを抱きかかえるようにして部屋を出た。義母は痛々しいほどやせてしまい、ドレスがぶかぶかになっている。ケリーよりも軽いのではないかとさえカロラインは思った。

樫の木で作った重い玄関の扉の隙間《すきま》から、風が悲しげな音をたてながら吹きこんでくる。ロンドンの小さな家でこんな音を聞いたら、死ぬほど怖いことだろう。ひとりで生きていると恐怖の餌食《えじき》になるものである。

カロラインはヘレンを寝室に送り届けて自分の部屋へ戻り、寝支度をしてからケリーの様子を見に行った。ケリーはいつものように丸くなり、片手を投げ出して眠っていて、カロラインはケリーにそっとキスをして、出ている手を毛布の中へ入れた。

ケリーの部屋を出た時、後ろで物音がした。カロラインは口に手を当てて振り向き、ぼんやりと浮かびあがる黒い影に目をこらした。

立っていたのはニックだった。カロラインは赤くなって、止めていた息を吐き出した。

やわらかくなめらかな喉もとと、すべすべした胸、半分露《あらわ》になっているカロラインの肩をニックの目がゆっくり動く。その視線が熱い焼印のように感じられてカロラインは震えた。レースの部屋着から肌がかすかに透けて見える。青い目が足もとへおりていった時、カロラインのからだは沸きたっていた。

「ぼくを待っていたのかい、カロライン？」ニックの口がゆがんだ。

カロラインは逃げようとしたが、ニックは彼女の前に立ちふさがった。不機嫌を隠そうともしない目がカロラインをひるませる。ニックとふたりきりだということに意識過剰になり、カロラインの心臓は激しく打っていた。

「ずっと待っていたのかな？」ニックが低い声で繰り返すと、そこに皮肉がはっきり感じられた。

ニックは残酷に口をゆがめて笑った。

「寒いのかい？」ニックはさらにからだを近づけてカロラインの肩から胸へ指を這《は》わせた。

「やめて！」カロラインはその手を押しやり、ニックは声をひそめて笑った。

震えながらニックをにらみつけ、カロラインはニックの横をすり抜けて寝室へ戻った。彼も憎いけれど、同じぐらい自分が憎い。

荒地のはずれなので街灯もなく、月も出ていない。寝室は真っ暗だった。カロラインはよろよろとベッドにたどり着くと、毛布をめくってその中にもぐりこんだ。息が詰まりそう。心の痛みを締め出そうとして、カロラインは枕に顔を埋めた。

翌朝、空は深く鮮やかなブルーだった。階下へおりて行くと、片手に新聞を持ってトーストをかじっていたニックが射るような目でカロラインを見た。彼女は愚かにも息ができなくなるぐらい胸が締めつけられてしまった。

「おはよう」カロラインは明るく言った。「すばらしい朝ね？」

「すばらしい」ニックは冷笑を浮かべた。カロラインはまつげを伏せて、赤く染まった頬を隠すようにして腰をおろした。「今日はどうするんだい？」ニックはナプキンで指をぬぐって尋ねた。

「別に予定はないわ」カロラインはカップにコーヒーを注ぐ。「お母さまはいつも遅くまでベッドの中にいらっしゃるそうだから」

ニックはうなずいた。「たっぷり休まなくちゃならないのさ」

「そうでしょうね」ニックの視線を意識しすぎて、カロラインはトーストを床に落としてしまった。

「ベントール夫人を呼ぶよ」

「いいわ、わざわざそんなことしなくても……」

「気にすることはない」ニックの声は辛らつだった。「彼女はそれで金をもらっているんだから」

「たいしておなかがすいているわけじゃないのよ」

ニックは聞こえなかったようにベルを鳴らし、大きな白いエプロンをかけた家政婦が飛んで来た。

「トーストでございますね？ 他に何かお召しあがりになりますか、ストールさま？ ベーコンエッグなどいかがでございましょう」

「いいえ、結構よ」カロラインは微笑を浮かべて答えた。「でも、ケリーは朝、ゆで卵を食べるのが好きなの。まだ眠っているけれど。しばらくそのままにしておこうと思っているのよ」

「かしこまりました」ベントール夫人はうなずいた。

家政婦が引き下がり、カロラインはコーヒーをすすりながら窓の外へ目をやった。荒地は日の光をいっぱいに浴び、黄褐色の木の葉がきらきら輝いている。風はないようだ。地平線に沿って、やわらかな青いもやがかかっている。カロラインは瞳をこらしてそんな景色を見つめていたが、針のようなニックの視線を強く意識しないわけにはいかなかった。

いきなりニックが立ちあがり、カロラインはどきっとして不安げに目をあげた。「そろそろ仕事に出かけなくちゃ。せいぜい楽しみたまえ」

ドアがニックの後ろで閉まり、カロラインは力なく目を閉じた。あんな人と同じ屋根の下で暮らすことがどうしてできよう？

朝は静かに過ぎていった。昼食の間、ケリーがニックの犬たちを散歩に連れて行きたいとせがみ続け、カロラインは一緒に出かけることを約束した。

「午後にはフレイが立ち寄ってくれるはずよ。彼にはずい分借りを作っちゃったわ」ヘレンがこう言うと、ケリーが驚いて目をあげた。

「そんなにお金を借りているの？」

「あらまあ、お金じゃないのよ、おちびちゃん」ヘレンはにっこりした。

ケリーは心なしかがっかりして「じゃ、なんなの？」と尋ねたが、祖母はただ首を振るだけだった。

「今すぐ散歩に行く？」カロラインはあとにするという答えを期待していたが、ケリーはうれしそうにうなずいた。

ロンドンではペットがいないので、ケリーはここの大きな金色の犬たちと早く外へ出たくてたまらないようだった。ふたりとも一日中家にいるわけではないから、ペットを飼うのはかえって動物がかわいそうだというのがカロラインの考えだったが、ケリーはちゃっかり「デードルおばさまが世話をしてくれるわ」と主張していた。

隣の家のデードルはカロラインと顔を見合わせて、「まあ、わたしがなんでも言うことを聞くって思ってるのね！」と大声を出したものだった。「なんてあつかましいの、ミス・ケリー・ストール！」

それまで、娘の欲しがるままに物を与えていたので、これに対してケリーがどういう反応を示すか心配だったが、娘が快く納得したのでカロラインはほっと胸をなでおろした。つらい経験をさせたことに負い目を感じているため、できる限り娘が望むものを与えようとしているのだった。

　ヘレンは二階の部屋へ戻り、母娘《おやこ》は荒地に勢いよく飛び出していく犬のあとを追った。この季節になると、太陽はもうそれほど暖かくなく、風がしなやかなヒースの間をひゅうひゅう音をたてて抜け、雲を流していた。カロラインは新鮮な空気を胸いっぱい吸いこみ、刻々と変化する空を見あげ、秋の太陽を浴びながら、自由を満喫した。興奮してちぎれるほどに尻尾を振る犬のあとを、ケリーが笑いながら駆けて行く。

　心づもりより遠くまで来てしまい、家へ引き返す途中、ケリーが足を引きずりながら訴えた。「疲れちゃったわ、マミー。あたし、くたびれちゃった。おぶっていってくれないかな?」

「あなたみたいな大きな子をおぶるの? マミーはそんなことしないわよ」ヒースが覆っているでこぼこの坂を下り、庭の塀のところまできた時、後ろで声がしてケリーは驚いてあたりを見まわした。

　カロラインは立ちどまった。この声はたしか――振り向いた彼女の顔が輝いた。

「フレイじゃないの!」

　男は笑みを浮かべてカロラインの手を両手で包みこんだ。つややかした髪にはところどころ白いものが交じり始めているが、男の顔には人を元気づける静かな温かさがある。

「元気かい、カロライン?」

「ええ、おかげさまで。あなたは? とてもお元気そうね」三年前とほとんど変わっていないフレイを見てカロラインはうれしかった。

「忙しくてね」フレイは手を放そうとはしなかった。

「うん、最後に会った時に比べると、ずい分顔色が良くなったようだ」灰色の目は鋭くカロラインを見ていた。フレイはいるかいないかわからないぐらい口数の少ない人だが、皆に信頼されていて、患者、特に女性に尊敬されている。忙しいのを言い訳にして、患者の言葉に耳を傾けないことも絶対ないし、ひと目で患者の具合を察することができるからだった。

ケリーが顔に好奇心を浮かべて待っているので、フレイは母親の手を放して娘を見おろした。

「さてさて、きみがケリーちゃんだね？　何を食べてこんなに大きくなったのかな？」ケリーはそれが冗談であるのを認めて、にっこりしたので、フレイは続けた。「きみだってわからないところだったよ。ぼくを覚えているかい？」

「いいえ」ケリーは正直に答えた。

「どうして忘れるなんていうことができるんだい？」フレイがからかった。「ぼくはドクター・フォレスターだよ」

「じゃ、どうしてマミーはフレイって呼んだの？」

フレイはカロラインに目くばせした。「だって、きみのマミーはぼくのことをよく知っているし、フレイというのはぼくのファーストネームなんだもの」

「そんな名前、聞いたこともないわ。変なお名前ね」ケリーは少しばかり、思ったことを率直に口にしすぎる傾向がある。

「母がノルウェー人なんだよ。フレイというのは古代スカンジナビア人の名前なのさ」

「スカンジナビアって？」

「相手になっていると、この子はいつまでも質問をやめないわ」カロラインはすまなそうに笑った。

「それはいいことでもあるんだよ」フレイが言った。「質問しないで、どうして何かを見つけ出せるんだい？」

ケリーがうれしそうな顔をした。こういう人が大好きなのである。フレイはケリーの手をとって庭へおろすと、曲がりくねった小道を並んで歩きながら、スカンジナビアの伝説を語った。庭には、ゆうべの嵐で雨に洗われた葉や折れた小枝が乱雑に散らばっている。はましおん、えぞぎくなどが花壇に色どりを与えているが、全体的に冬の冷たさが覆いかぶさっていて、木々は黒っぽいつたがしっかり巻きついている数本を除いて、ほとんど裸になっていた。

木戸を開けて家の中へ入って行く三人を、家は温かく迎えてくれた。「ヘレンに会いに来たんだよ」フレイが言った。「彼女を見てどう思った？」

カロラインはケリーの様子をうかがいながら、慎重に口を開いた。「もう少しお元気だと思っていたんですけど」

フレイもケリーを気にしていて、「きみのおばあさまはどこにいらっしゃるのかな」と言うと、ケリーはすぐにヘレンを捜しに行った。

フレイは暖炉の近くの壁に寄りかかった。

「彼女はぼくたちの前でうまくやってみせていただけなんだよ。一触即発だったんだ。一時、本当に彼女を失ってしまったと思ったぐらいだから——ぼくが危機から彼女を救ったって言うことができたらいいんだけど。魔法を使ったのはニックなのさ」

「ニック？」カロラインの声には棘《とげ》があった。

「彼はきみとケリーを見つけ出して連れて来ると約束したんだ。ピーターは何度かやってみて、結局諦めたんだが、ニックは国中をしらみつぶしに調べても捜し出すと誓った」フレイは微笑を浮かべた。「もちろんニックは約束を破るような男じゃない。そして、きみたちはここにいる」

カロラインは暖炉にまきをくべた。「だんだん良くなっていかれるんでしょう？　今のお母さまはまるで歩く死体みたいだわ」

「彼女はあまり心臓が強くないし、もう若くはない。でも、心の支えがあれば、あと数年は大丈夫だろう」

「心の支え、ね」カロラインはほほ笑んだ。

「そう、ケリーさ」フレイがうなずいた。

「でも、ケリーもわたしも、ここに住むわけにはいかないわ」カロラインはゆっくり言った。「ロンドンですばらしい職を手に入れたんですもの」

「そうらしいね。広告代理店のコピーライターだってニックが言っていたよ」

「収入もいいし、仕事も楽しいの。小さいけど家も手に入れたし、ケリーも学校に馴《な》じんでいるわ。今、あの子を根っこから引き抜きたくはないのよ」カロラインはためらった。「問題は――寝室がふたつしかないことなの。さしあたって、ケリーとわたしがひとつを、お母さまにもうひとつを使っていただいて、そのうち善後策を考えることにしようと思っているんだけど」

フレイは金髪をかきあげながら耳を傾けていた。

「二、三日待つんだ、カロライン。性急に結論を出そうとせずに、時間をかけてゆっくり考えなさい。今とにかく、ヘレンはきみたちが帰って来たことがうれしくてたまらないんだから」

カロラインが涙をこぼしそうになったので、フレイは身を寄せ、声をひそめて言った。「ごめんよ、ごめん。いけないことを言っちゃったかな。ぼくって無器用だから」

カロラインは目に涙をためたまま笑い、喉をひくつかせた。フレイはカールしたブロンドの髪に手を触れ、彼女の頭を肩にのせた。カロラインは震えながら、一日中とても陽気だったのに、今になってどうしてこんなばかなまねをしているのだろう、と自問していた。フレイになんと思われるだろう?

ある動きがふたりを離れさせた。戸口に立って、青い目を金属の裂け目のように細めてニックが冷ややかにふたりを見ていた。「お邪魔だったかな」

「やあ、ニック」フレイは不自然なほど上機嫌な声を出した。

「いつきみたちがここで会うのだろう、と思っていたんだよ」とニックが皮肉な口ぶりで言った。

フレイは金色の眉をつりあげた。「ぼくは毎日のようにヘレンを診にきているんだよ」

カロラインは涙をぬぐいながら背中を向けた。あんなふうな口をきくなんて、ニックはどういうつもりなのだろう？

ヘレンがケリーを連れて入って来たが、カロラインは二階へあがって着替えて来ると断って部屋を出た。

セーターとプリーツスカートに着替え、鏡台の前で髪をとかしていると、ノックの音がした。家政婦か義母だろうと思い、「どうぞ」と声をかけたが、入って来たのは、ダークスーツのボタンをはずし、ネクタイをゆるめたニックだった。

「フォレスターをディナーに招待した。賛成してくれるね」

「ここはあなたのお家じゃないの」

「予告しておくほうがいいと思ってね」ニックは冷ややかに鏡に映る彼女の姿を見つめた。「あいつのためなら、もっといい服に着替えるんだろう？」

カロラインはニックに何かをぶつけてやりたかった。

緑の目に反抗の火花を読みとり、ニックは嘲笑《ちょうしょう》を浮かべた。

「覚えておくことだ。ここがぼくの家だということと、きみとフォレスターの情事をぼくが指をくわえて見たりはしないことを。あいつと馴れ馴れしくするんじゃない」

「あなたにそんなことを言う権利はないわ」カロラインはブラシをぎゅっと握り締めて、あごをきっと持ちあげた。

ニックが口をゆがめた。「ぼくにはどんな権利もあるんだ。今にわかるさ」

「わたしに関しては、ないわ」

ニックは優雅にドアにもたれかかっているが、スーツに包まれた肉体は抑制されていて、無言の脅迫となっていた。

「ヘレンがフォレスターを招待したから、どうしようもなかったんだ。でも、あいつが来るのはきみのためじゃない。恋愛を再び始めるのは、このぼくが許さないからな」

カロラインの頬がほてった。「前にも言ったでしよう……」

「でも、ぼくはきみの言葉など信じやしない」青い目は電気を帯びたように怒りをたたえていて、カロラインを無力にした。「ずっときみたちを見張ってやる」

動揺を隠すように、カロラインはブラシを握り直し、髪をとかしたが、ニックは鏡の中の彼女を凝視していた。刺すような痛みがゆっくり背骨をおりてくる。

顔が熱くなり、カロラインは自分が示した反応をごまかすように、目をしばたたいた。ニックは満足気に声をひそめて笑い、出て行った。

カロラインは喉をごくりとさせて目を閉じた。完全にニックの勝ちだった。

彼の誤解を解くことは決してできないだろう。たとえヘレンとフレイがわたしの意見を裏づけたとしても、彼はふたりが嘘《うそ》をついていると思うに決まっている。

ニックはヘレンがわたしを好きなことを知っているが、それは本当のわたしの姿を知らないせいだ、と思っている。そして、かわいそうに、フレイはいったいどうしてニックに信じてもらうことができよう？

八方塞《ふさ》がりだった。この苦境から抜け出すことはとてもできそうもない。ニックは機会がある限り、わたしを軽蔑《けいべつ》し、傷つける腹づもりのようだ。

4

少し間を置いてからカロラインはそのままの格好でドアへ向かいかけた。が、突然からだの中に挑戦の炎が湧《わ》きあがり、憤然としてたんすのところへ戻った。古典的なデザインのため、冷たすぎる印象を与えないブルーのドレスを選ぶ。着ているものを脱ぎ捨て、ドレスのジッパーをあげた。鏡を見ると、頬はばら色に染まり、目は危険なほど輝いていた。血管の中を怒りが駆け巡る。

香水の瓶を取り、慎重に吹きかける。外観にこれほど気をつかい、時間をかけるのは、ずい分久しぶりのことだった。あることから別のあることへ心がものすごいスピードで進むことにばかり気を取られていると、人は習慣から抜け出すものらしい。カロラインが一番したくないことは、代理店の男たちに興味を示されることで、男のために着飾ることはいっさいやめていたのだから。

暖炉のそばで何やら話をしていたフレイとヘレンが同時に振り向いた。ヘレンは一瞬目を丸くしたが、すぐに顔をほころばし、フレイは息をひそめて口笛を鳴らした。「やあ、やあ、やあ」

「フレイが一緒に夕食を食べていってくれるのよ」ヘレンが言った。

フレイがうなずいた。「急患に呼び出されなければね」

「それはすてきね」カロラインはすべるように腰をおろし、高いヒールの靴をつけた足を組んだ。「ケリーはお部屋にいませんでしたけど、どこでしょう？」

「ベントール夫人のお手伝いをしているのよ。かまわないでしょう？　どうしてもってせがむものだから」

「もちろんですわ。あの子はお台所仕事が大好きなんですのよ」

フレイはシェリーをゆっくり口へ運んだ。「飲み物を作ろうか？」

「シェリーをお願い」カロラインは微笑を浮かべた。その時ヘレンが不確かな動作で立ちあがったので、カロラインも腰を浮かした。

「いいのよ」ヘレンが快活に制した。「大丈夫。日に日に良くなっているんだから」

カロラインの胸は痛んだ。「もちろんですわ」

ヘレンは慎重に歩き出した。フレイはシェリーをグラスに注ぎながら、眉間《みけん》にしわを寄せて彼女の様子をうかがっていた。

ドアが閉まり、カロラインは声をひそめて言った。

「痛々しくて見ていられないわ」

「きっと良くなるよ」フレイはグラスを手渡した。「時間がかかるけどね。ローマは一日にしてならず、さ」

「あなたはうちの会社で働くべきね」カロラインが冷やかした。「そのありきたりの文句を、社長がきっと気に入るわ！」

「失礼しちゃうな」フレイは彼女のあごをつねった。「どうやって今の仕事を手に入れたんだい？」

「ものの弾みなのよ。同じ会社で秘書をしていたんだけど、上司がたまたま病気になってしまったの。その時、わたしが一、二、アイデアを出して、プロジェクトを完成させたのよ。それで、会社のほうからそういう仕事をやってみないかって打診されて、もちろんその話にすぐ飛びついたっていうわけ」

「さすがだね」

「ちょっとしたこつよ」

「持つべき有効なこつだ」

カロラインは微笑を浮かべた。「お給料はとてもいいんだけど、精神的に大変なの。秘書をやっている時は九時から五時半まで働いていればよかったわ。問題が起きても、わたしには関係がなかった。でも、今は責任が重くて、家に仕事を持ちこむことや、週末を諦《あきら》めなくちゃならないこともしばしばなの」

フレイは口をゆがめた。「それはあまりいいことじゃないな。働きすぎちゃだめだよ。ケリーだっているんだから。きみがまいってしまったら、あの子がかわいそうじゃないか」

「気をつけるわ」カロラインは肩をすくめた。「野心はまったくないの。仕事はやりがいのあるものだけれど、娘とは比べものにならないわ。一番大事なのはケリーよ」

フレイはシェリーを飲み干してグラスを置き、ため息をついて椅子の背にもたれた。「こうしていると気持ちいいけど、きっとどこかで呼び出しがかかるに決まっている」

　カロラインはいたずらっぽい目をした。「たった今、働きすぎちゃいけないって言ったくせに」

　フレイは顔をしかめた。「好むと好まざるとにかかわらず、やらなくちゃならないのさ。パートナーはもう若くないからね」

　ニックが入って来た。「もう一杯いかがかな、フォレスターさん？」氷のような声だった。

「いや、結構。急患に備えて、シェリーは一杯だけと決めているんだよ」

　ニックは肩をすくめて、自分の酒を作りに行き、グラスを片手に暖炉の壁にもたれかかってふたりを見た。「会話はすっかり干からびてしまったようだな」

「工場はどうだい？」

「工場はゆっくりだが順調に動いている」

　カロラインはニックをにらんだが、返ってきた冷笑に顔を赤くした。

「カロラインとてもチャーミングだって思わないかい？」フレイはこう言ったが、ニックはそっけなく笑った。

「ぼくが探している言葉はそれじゃない」ニックが探しているものが褒め言葉ではないことは明らかだった。

　フレイは代わる代わるふたりを見た。「これは何かのゲームなのかい？」

　ニックは一文字に口を結んでフレイに目を移した。

「考えるがいい」

　フレイは目を丸くした。「言葉遊びはあまり得意じゃないんだよ」

「じゃ、どういう遊びがいいのかな？」ニックは黒っぽい眉をぐいと寄せ、ゆっくり言った。

　ニックの憎悪がむき出しになり、あかあかと暖炉の燃える部屋の雰囲気はすっかり変わった。空気がぴりぴりして、カロラインはニックからの激しい拒絶の言葉を必死でのみこもうと下くちびるをかみしめていた。

フレイは顔に好奇心と困惑を浮かべ、澄んだ灰色の目で、ニックのしかめっ面をじっと見つめていた。

電話が鳴り、フレイがため息をついた。「まず間違いなくぼくにだろう」

ニックはすでにドアのほうへ向かいかけていた。

「ぼくが出るよ」

「彼は今日はずい分気難しいね」フレイは椅子に沈みこんだ。「何かあったのかい？」

「ごめんなさいね」フレイにいったい何がわかるだろう？

「たぶん、彼も働きすぎのひとりなんだろう。これは伝染病なのかな」フレイはドアのほうへ目をやった。「どうやらぼくじゃなさそうだな。今夜は運が良いみたいだ」

パジャマに着替えたケリーが駆けこんで来た。

「おやすみのキスをしに来たの。あたし、ジャム・タルトを作ったんだけど、ディナーはアップル・パイにしてね。おりんごの芯《しん》はあたしが取ったのよ」

ケリーは母に腕を巻きつけてキスをし、フレイに笑いかけた。「それからレバーもね」

「ぼくはレバーが大好きなんだよ」フレイが言った。「ぼくにはおやすみのキスをしてくれないのかい？」

ケリーは首を振りながらあとずさった。

「わたしも行くわ」カロラインが立ちあがった。「失礼するわね、フレイ」部屋を出ると、ちょうどニックが受話器を置いたところで、階段をのぼって行く時も、背中に冷ややかな視線が感じられた。どういう権利があって彼はあんなふうに威圧的な態度をとるのだろう？　興奮して早口で語りかける娘の話に耳を傾けながら、カロラインはニック・ホルトのことを考えていた。せっかく義母に再会できたのに、彼のせいでぶちこわしだわ。振り向くたびにあの冷ややかな青い目にぶつかるのだから、スケルデールの休日をどうして楽しめよう？

「おやすみ、おちびちゃん」カロラインは娘にキスして明かりを消した。

「お話を聞かせてくれないの？」

急いで行く必要もないので、カロラインはベッド横の椅子に腰をおろして話をしたが、間もなくケリーは片手を頭の上にあげてうとうとし始めた。

こっそり部屋を抜け出そうとするカロラインの後ろで、「おやすみ、マミー」という小声がした。

ニックはヘレンの前ではカロラインへの敵意をすっかり隠してしまうため、ディナーは表面的にはなごやかなムードで進んだ。ただ、フレイがカロラインのブロンドにそっと触れた時、ニックの顔が恐ろしくゆがみ、カロラインの胃は締めつけられたけれど。

食後のコーヒーを飲んでいるところへベントール夫人がやって来た。「お電話でございます、先生」

「やっぱりね」フレイがため息をつきながら立ちあがった。

「まあ、残念だこと」ヘレンが言った。

フレイは部屋を出て行き、オーバーの袖に手を通しながら戻って来た。「フレイザー夫人なんですよ」

ヘレンが身を起こした。「まあ、なんなの？」フレイザー夫人は、五十代の婦人で、ヘレンの友人である。

「関節炎が再発したんですよ。ここのところ湿度の高い日が続いていますからね。こういう天候だと、いつも調子が悪くなるんです。注射を打たなければなりません」

「かわいそうなジャネット……よろしく言っておいてね。たいしたことがないといいんだけど」

「というより、痛まないといいんですけど」フレイは少し身がまえてニックに視線を移した。ニックの冷ややかな態度が彼には解せないのだろう。「とても楽しかったよ、ありがとう。今度はぼくの家へ来てくれ」

　ニックはうなずいたが、口もとをきつく引き締めて、何も言わなかった。

　フレイはカロラインにほほ笑みかけた。「おやすみ。帰って来てくれてうれしいよ。また会おう」

「ありがとう」カロラインはニックの視線を意識して、わざと明るくフレイに笑いかけた。

　フレイが帰ったあと、ヘレンが口を開いた。「彼ってとてもいい人ね」

「そうですね」カロラインがいきごんでうなずくと、ニックの怖い視線を感じた。

　フレイがいなくなった今、ニックは遠慮なく軽蔑《けいべつ》を表すことができるのだ。

　あくびをしながらヘレンが立ちあがった。「そろそろ寝るわ。疲れちゃった」

「わたしもですわ」カロラインは慌てて言った。

「まだコーヒーが残っているじゃないか」ニックが命令口調で言い、ヘレンも同意した。

「そうよ、まだいいじゃないの。コーヒーをゆっくりお飲みなさいな」こう言って背を向けたヘレンのあとを追おうとしてカロラインは立ち上がったが、ニックが引き止めた。ヘレンがいるため、正面きって反対もできず、屈辱を感じながら手を払いのけようとしたが、無駄な抵抗に終わった。

　ヘレンが何も気づかずに出て行ったので、カロラインは声を出した。「放してちょうだい！」

「座るんだ」ニックは赤く染まった顔をおもしろそうに見ていた。

「放してよ！」

「言われたとおりにすれば放してあげる」ニックの声は妙にやさしかった。

ふたりの視線が静かな怒りの中でからみ合い、カロラインは諦めて腰をおろした。ニックの手が離れていくと、カロラインは当てつけるように手首にできたあざを見おろした。

「コーヒーを飲めよ」

カロラインは口を引き締めてカップを取りあげた。

「フォレスターがきみに触れるのを二度と見たくないんだ」

カップが受け皿にぶつかって、耳障りな音をたてた。「彼はそんなことしてないわ！」

「してない？」ニックはカロラインのブロンドの髪に手をやって、魅了されたようにじっと見つめた。「あいつはこういうふうにしていた。往診の医者にしては親密すぎるんじゃないのかい？」

できることなら、ニックに平手打ちをくらわせたかった。「あんなふうにフレイを侮辱するなんて、ひどい人！」

「ヘレンがあいつのことを聖者みたいに褒めているのを聞いて、少々胸が痛んだのさ。彼女の知らないところできみたちが何をしていたか」

「何もなかったわ！」

「嘘《うそ》つけ！」ニックの顔に黒い炎が燃えあがった。

カロラインは黙って、十、数を数えた。彼の誤解がどんなにばかげたものかをわからせるためには、辛抱強く話さなければならない。

「フレイ・フォレスターのような立派なかたが、人妻と恋愛するなんて、本気で思っているの？ そんなことが知れわたったら、今まで築きあげてきた地位がめちゃめちゃになってしまうのよ。フレイははっきり言って、常識的で礼儀正しすぎるほどの人だから、そんなことをするわけがないわ」

青い目に厳しい冷笑が浮かんだ。「たしかに彼の良心はひどく傷んだことだろう。フォレスターが礼儀正しい男だというのはぼくも否定しないが、彼はきみの誘惑をはねつける苦行僧であるべきじゃないか。あいつがそうだったかどうか、怪しいものだ」

ニックは目を細めてカロラインの顔を凝視し、カロラインを縮みあがらせた。

「わたし、誘惑なんかしてないわ」ささやくような声だった。「ニック、お願いよ、信じてちょうだい……」

「きみを信じろだって？」ニックは棘《とげ》のある声で言い返した。「いいかい、ぼくはきみが手玉にとった愚か者とは違うんだ——きみがどんな人間か、ぼくにはよくわかっている。きみの言うことなんか、ひとことだって信じるものか」

「フレイにきいてみてください……」痛みと憤りで、言葉がなかなか出てこなかった。

「あいつにきく？」ニックは短く笑った。「ぼくがどれほどばかだと思っているんだい？　あいつは否定するに決まっているじゃないか」

カロラインにもそのことはよくわかっていた。

「ぼくはただただピーターの告白を聞かなければならなかったんだよ。彼はきみを忘れるために酒を飲み、とうとう身を滅ぼしてしまった——もちろん、ピーターが誰に殺されたのか、よくわかっているはずだ」

カロラインは氷のような顔から目をそむけて、惨めに頭を振った。「違うわ！　わたしはそんな人間じゃないわ」

ニックは不愉快な笑い声をたてた。「おや、そうかい？　はっきり言って初めはぼくだって信じられなかったよ。この目に映るきみの姿しか知らなかったから、他の男たちのように、その大きな緑の目と甘い笑顔にだまされていたんだ。我が耳を疑ったよ。ピーターの頭がどうかしてしまったんじゃないかと思ったぐらいなんだから」ニックの目がカロラインを突き刺した。「そうではないことを、きみが自ら証明するまでは」

熱い波がカロラインの顔に押し寄せ、彼女は取り乱して視線を落とした。

ニックはカロラインの前に立ちふさがり、ざらざらした声を出した。「あの時、ぼくはその気にさせられた」

涙が溢《あふ》れそうになり、カロラインは目をしばたたいた。

「あのことを否定しないんだな」

カロラインは何も答えずに手を見おろしていた。どうして否定できよう？　否定すれば、自分を裏切ることになる。

ニックはしばらく待っていたが、答えがないので、いらいらと言葉を吐き出した。「さあ、言ってみろ。それはぼくの想像にすぎないと」

カロラインは喉を鳴らし、やっとの思いで口を開いた。「あの時のことは否定しないわ。でも、わたしがしむけたわけじゃない……」少なくとも、一部は事実だった。しゃべるのよ、と言いきかせながら、カロラインは立ちあがり、できるだけ淡々と言った。「あんなことをしてほしいなんて、思っていなかったわ」

ニックも勢いよく立ちあがり、カロラインの肩に指をくいこませた。

「やめてちょうだい！」カロラインは叫んだ。

ニックはもがくカロラインをしっかりつかまえて、顔を自分のほうへ向けさせた。くちびるが近づいてくる。カロラインは身もだえしながら広い肩を押しやっていたが、ニックのくちびるがやわらかく触れて温かい愛撫《あいぶ》を始めると、官能的な欲求が反抗を徐々に弱めていった。

ニックは手を背中にすべらせながら、からだを密着させた。カロラインは、彼の緊張したからだの力をはっきり感じとった。心臓が激しく打ち始める。

カロラインは抵抗をやめて目を閉じ、喜びの深みへと沈んでいった。

ニックが顔をあげた時、カロラインは目まいを感じた。やわらかなくちびるは震え、傷ついていた。飢えたように、血液がからだを駆け巡る。

「さあ、ぼくのものになりたくなかったと言ってみろ」ニックの声は不明瞭だった。

カロラインはしゃべることすらできなかった。息を殺し、震えながら目をあげた顔に、ニックは答えを読みとった。苦しそうな緑の目がすべてを物語っている。カロラインは否定することができず、ニックは傲慢《ごうまん》に口をゆがめた。

「それでいい」ニックの指は再びカロラインのあごをはさみ、繊細な骨にくいこんだ。「でも、きみに言っておかなくてはならないことがある。ぼくはきみを自分のものにしたいなどと思っちゃいない。そりゃ、きみはセクシーなブロンドさ。でも、ぼくは他の男と違って、どんな犠牲を払ってもきみを手に入れたいとは思わない。きみを忘れるために酒を飲んだりもしない。ピーターに勇気があれば、きみが逃げ出す前にきみを放り出していたことだろう。でも、ピーターはきみに頭があがらず、嫉妬《しっと》のあまり判断力を失い、きみから免れようとした時でさえ、きみを忘れることができなかった」ニックは氷のような目でカロラインを見つめた。「ぼくは違うんだよ。ぼくは絶対あんなふうにはならない」

彼の腕に抱かれた短い間、ふたりの間に激しい情熱が燃えているのをはっきり感じていたので、こんなひどい仕打ちを受けて、カロラインはずたずたになってしまった。

ニックはこれまでも、嫌悪や軽蔑《けいべつ》を隠していたわけではなかったが、今の今、心の底からカロラインを憎んでいるのを明らかにした。もう何も聞きたくない。逃げ出してしまいたい。くちづけされた時に湧きあがった感情、そして侮辱された時に感じた気持を忘れるために。

泣き出してしまわないように、そして抗議の言葉を発しないように必死で自分と闘いながら、カロラインは目を伏せた。何かを言う必要がどこにあろう？　言ったところで、彼は耳を傾けはしないのだから。

「いいな」ニックは冷淡に言った。「この家にいるうちは、フォレスターと付き合ってはだめだ。もちろん他の誰ともだめだ。ヘレンにはケリーが必要だから、きみはそのためにただここにいるだけなのさ。一度でも勝手なことをすれば、気絶するほどなぐってやる」

カロラインはからだをこわばらせた。「指一本でもわたしに触れたら、わたし……」

「どうするんだい？」ニックの目は鞭《むち》のように彼女を打った。

カロラインは絶望的になって、ドアへ突進した。復讐《ふくしゅう》したい気持でいっぱいだったが、今はただニックのいないところで、思い切り泣きたいだけだった。

寝室に戻ったカロラインは、ベッドに身を投げ出して、震える手に顔を埋めた。吐き気がする。彼の言葉は、くちづけに比べればたいしたことではない。燃え出した欲望はまるで毒のようだった。死んでしまいたい。ニック・ホルトの蔑《さげす》むようなあの青い目に二度と会わなくても済むように、黒い穴にのみこまれてしまいたい。

彼に会うたびにあのけがらわしい欲望を思い出すことになるだろう。どんなに短い時間でも――彼はわたしを身ぐるみはがし、こんなふうな気持にさせるに決まっている。

ああ、神さま、わたしはどうすればいいのでしょう？　忘れてしまうことはできないし、ニック・ホルトが忘れさせてくれるはずもない。それから、逃げることもできない。ヘレンのためにここにいなければならないのだから。彼と同じ屋根の下でもうひと晩過ごすことすら地獄なのに、どうしてこの気持を隠し続けられるだろうか？

　あの時、彼のくちづけに応じさえしなければよかった。彼のものになりたいという気持にならなければよかった。しかし、彼の指が触れた瞬間、からだが狂ったようになってしまった。カロラインは自己嫌悪に歯をきしませて目を固く閉じたが、だめだった。あの時の甘い感情がよみがえってきて、頭のてっぺんから爪先までカロラインを苦しめるのだった。

　ピーターに対してこんな感情をいだいたことはなかった。たぶん、ふたりとも若すぎたからだろう。結婚した時、カロラインは十八歳で、ピーターもわずかしか違わなかった。若いふたりは、自分たちのしていることがわからなかったのである。どうしてあんなに急いで結婚したのだろう？　ピーターがあんなふうに身を持ちくずした原因のひとつはそこにあるのかもしれない。結婚という責任を伴う務めに直面するには彼は幼すぎたのだ。ケリーが生まれてから、さらに重圧が増したのだろう。

　若い恋人たちにありがちな過ちだった。カロラインは自分のこともあまりわからなかったし、他人の気持が理解できるほど成熟してもいなかった。ふたりはあまりにも簡単に結婚してしまったといえよう。

　ヘレンは喜んで嫁を迎えて理想的な姑となり、嫁姑のいさかいはまったく起こらなかった。カロラインはヘレンと同じ屋根の下で暮らすのを楽しんだし、義母も同様だった。落ち着きが失くなったのはピーターのほうだった。彼にとって結婚は期待はずれだったのだろうか？　カロラインにはわからない。ヘレンが自分を責めたように、カロラインも自分に問いかけてみたが、答えは出てこなかった。

眠れないことはわかっていたが、カロラインはのろのろと寝支度をし、明かりを消してベッドに横たわった。羊が一匹、羊が二匹……。

家の中は静まり返っている。ホールの大時計が真夜中を告げ、やがて一時を打った。ロンドン＝スコットランド間を走る汽車の汽笛が聞こえ、カロラインはあの汽車に乗って逃げたいと切に願った。

いつの間にか寝入ったらしく、おなかの上に重圧を感じて、カロラインは目を覚ました。仰向けになり、両手を投げ出しているところに、娘が乗っていた。

「起きてちょうだい」ケリーが耳もとでささやき、にっこりした。「見て！」

ぼうっとしたまま娘を見ると、真珠のような前歯の間に隙間《すきま》ができている。

「歯が抜けてるの」ケリーはうれしそうに言った。

「抜けた、でしょ、おちびちゃん」

カロラインはしびれた手をおろそうとしてたじろいだ。何時間もこのままでいたにちがいない。やっと手をおろすと、血液が手先へ押し寄せた。カロラインはケリーを抱きあげて座らせた。

「のみこまなかったわね？」

ケリーは手を広げてみせた。「今日はこれを枕の下に置いて寝るの。そうしたら、歯の妖精がいい歯を授けてくれるわ」

「よかったわね」カロラインは目覚時計を見てうめいた。まだ七時だった。きのうはくたくたになっていたにもかかわらず、全然眠れなかった。ケリーがきちんと閉めなかったドアを誰かが大きく開けた。

「どうかしたかい？」深みのある声がして、カロラインの心臓は止まりそうになり、胃がむかついた。

「見て、ニックおじさま！」ケリーは無邪気にニックのほうへ駆けて行った。

「おや、歯が抜けたんだね？」ニックは微笑を浮かべた。「おめでとう。これで、口笛が吹けるようになるよ」

カロラインは〝部屋から出て行って！〟と叫びたくてたまらなかった。ニックの視線が肌に火をつけてしまう。

ニックが去って行き、ケリーがベッドに戻って来た。「いつになったら起きるの、マミー？　もう朝ごはんの時間でしょう？　おなかがぺこぺこよ。マミーもそうでしょう？　あたし、今ならなんだって食べられるわ。ニックおじさまも起きているのに、どうして起きないの、マミー？」

カロラインは娘をどなりつけたことは一度もなく、料理中でも掃除中でも、登校の準備をしている時でも好きなだけしゃべらせておくことにしていたが、今は大声で叫びたい気分だった。

そういう衝動を抑えて、カロラインは「さあ、お顔を洗っていらっしゃい、おちびちゃん。そうしたら、下へおりて朝ごはんを食べましょうね」と答えたが、ニックが仕事へ出かけるまでぐずぐずしているつもりだった。わざわざ敵のふところへ飛びこんでいくことはない。

「もう洗っちゃったわ」とケリーは澄まして言った。

どうも態度が変なので、カロラインは問い詰める。

「ケリー、嘘をつくのはやめなさい」

「でも、きれいなんだもの」ケリーは言い張った。「それに、学校に行かないんだから……」母親の厳しい目に負けて、ケリーは不揃いな歯を見せて笑った。「顔を洗って来るわ」

カロラインは笑顔で娘を見送った。厳しい男親のしつけが欠けていることの影響を彼女は時々心配する。実の父親から、理由のない、予測のできない暴力を受けたケリーに厳しいしつけなどいらないと言いきかせてみても、やはり不安は残るのだった。ケリーには毅然《きぜん》としたやさしさが必要だと思い続けているにもかかわらず、何か問題が起こるたびに信念がぐらつく。今のところ、やさしい導きはいちおう成功しているように見えるけれど……。

今朝初めてカロラインは、娘に手をあげてはいけないと自分に言いきかせなければならなかった。ゆうべのできごとにあまりにも疲れきっていて、寛容であることに費やすエネルギーはもう残っていないらしい。

今日はニックのことは考えまい。カロラインはこう固く決心しながら、身支度に時間をかけた。洗面所の外から、ケリーの不機嫌な声が聞こえる。「いつまでそこにいるの？　もうおなかぺこぺこよ、マミー。長くかかる？」

カロラインは娘に寝室で待つように言い、さくらんぼ色のセーターによれよれのジーンズに着替えた。寝室へ戻って来た母親を娘はすねた目でにらんだ。

「ニックおじさまが行っちゃったわ。車の音がしたもの」

「まあ、そうだったの」カロラインはほっとして娘の手を取った。「ごめんなさいね」これで、あの青い目に出合うことはない。

ベントール夫人がゆううつそうに話しかけた。

「ボリビアでは飛行機が墜落したそうですし、メキシコでは地震ですって。今年の冬の見通しは暗いらしいですわ」

カロラインは興味のないことがばれないように、くちびるをかんだ。「まあ、そうなの」

「ベーコンエッグでよろしゅうございますか？」家政婦は脇目もふらずオートミールを食べているケリーに目を移した。「あなたはどう、ケリーちゃん？」

ケリーはうなずき、カロラインが口を開いた。

「ケリーの分はお願いするけど、わたしは結構よ、ベントール夫人。トーストをひと切れだけお願いするわ」

「ご自由に」家政婦は不機嫌な顔をして引き下がった。

オートミールを食べ終わったケリーが身を起こし、微笑を浮かべた。「彼女は食べ物を粗末にする人に我慢できないのよ」

「ベントール夫人のこと？」

ケリーはうなずいた。「ゆうべ、ジャム・タルトでおなかがいっぱいだったから、お茶を最後までいただけなかったの。そうしたらね、『飢えて死にそうなインドのお百姓さんなら、大喜びでこれをいただくんですよ。ですから、パンのひと切れといえどもありがたくいただかなくてはなりません』って叱《しか》られちゃったの」

「そのとおりよ」

「ニックおじさまは食べ物を粗末にしているのよ」

カロラインは思わず鋭い視線を娘に与えた。「彼が？　どうして？」

「神さまが送ってくださる時間を自分のためにずるく利用していると、食事の時に神さまがちゃんと来てくださるかどうかわからないのよ」ケリーは他人の言うことを暗記して、考えなしにそのままを口にすることがある。アクセントは突然ヨークシャーふうになり、小さな顔にはベントール夫人の表情さえ浮かんだ。「言ってきかせる必要があるんだけど、彼は耳を貸さないの。ベントール夫人は、おじさまは悪い人だって言ってらしたけど、本当なの、マミー？　おじさまって悪い人？」ケリーは目を丸くして尋ねた。

「そういうつもりでおっしゃったんじゃないのよ」

「でも、そう言ったんだもん。意地が悪くて、ひどく頑固だって——どういうこと、マミー？」

「わからないわ」ニックの話など聞きたくもなかった。

ドアが開き、家政婦が料理を運んできた。彼女はカロラインの前にトーストを無愛想に置いたが、ケリーには満足気に笑いかけた。

この日も快晴で、はるかかなたの荒地の上空はさくら草色をしていた。ベッドで朝食を終えておりてきたヘレンが、庭を散歩してみたいと言い出し、カロラインは付き添って外へ出た。空気はすがすがしく、秋の香りがする。

「生きていることがこんなにすばらしいのを忘れていたような気がするわ」ヘレンが唐突にうれしそうな声を出した。ニックにどんなに軽蔑されても、こんなふうにヘレンが笑うのを見られるだけで、ここにいる価値はある。カロラインは義母にほほ笑みを返した。

5

時間がたつにつれて神経がぴりぴりし始め、カロラインは一分ごとに不安気に時計に目をやった。身を切られるようなあの青い目に出合う時が近づいてくる。六時に、ベントール夫人がやって来て、ニックは夕食までに帰らないと言った時、カロラインは心底ほっとした。

「いつものように遅くまでお仕事なのですわ」家政婦はむっつりしていた。「ヒューズが飛ばないうちに少しお仕事の速度を落とされるべきですわ。ご自分をなんだとお思いなのでしょう？　機械だとでもお思いなのでしょうか？」

家政婦が出て行くと、ヘレンはため息をついた。

「彼女の言うとおりだわ――ニックは働きすぎよ。でも、今は不況だから、現状を保つためにも二倍は働かなくちゃならないって言うんだけど」

　夕食でニックと顔を合わせることがないとわかり、全身の力が抜けるほど安堵《あんど》していたカロラインには、ヘレンの言葉など聞こえてはいなかった。夕食のあと、フレイから電話があり、パートナーがインフルエンザにかかって寝こんでいるため猛烈に忙しいが、明日できれば往診したい、ということだった。

　九時半になると、ヘレンが腰をあげ、カロラインは、寝る前に暖炉の火をおとすことを引き受けた。

　炉辺に寝そべっている二匹の金色の犬が、前足の上にのせている鼻をぴくぴくさせてうつらうつらしている。まきに灰をかけながら、カロラインはこれからのことに考えを巡らしたが、どの考えも満足できるものではなかった。

　ため息をつきながらドアへ向かった時、私道を走ってくる車の音が聞こえた。エンジンの音が消え、ドアがばたんと閉まる。犬が吠え出し、カロラインは階段へ急いだ。が、犬がうれしそうに尻尾を振りながらついてくるので、犬を追い払おうとしていた。

　いきなりドアが開いた。風と共にニックが入って来て、犬がニックにまとわりつく。ニックは微笑を浮かべて犬をなだめていたが、玄関ホールの中央で凍りついているカロラインを鋭く見た。

　カロラインは金色の毛をもてあそぶニックの長い指をじっと見ていた。彼はケリーだけでなく犬にもやさしい。

「おやすみなさい」カロラインは階段へ向かった。

「ベントール夫人はぼくの分を残してくれているかな？」ニックが気軽に尋ねた。

「わからないわ。でも、何かあるんじゃないかしら」

　ニックは疲れた、というように顔をごしごしこすった。「腹ぺこで死にそうだよ。お昼から何も口にしていないんだ」

「何も食べずに働いちゃ、からだに毒よ」カロラインはゆっくりニックのほうを向いた。

「腹ぺこの時が一番冴《さ》えるのさ。気持が集中できるからね」

カロラインはためらっていたが、かろうじてドアにもたれながらだるそうに犬の頭をなでているニックを見ていると、黙ってはいられなくなった。「何か残っていないか、見てきてあげましょうか？」

「ありがとう」ニックは穏やかに言い、犬を居間に閉じこめてからあとを追った。

「何もないようよ」キッチンを見まわしてカロラインは言った。「サンドイッチでも作りましょうか？それとも、ベーコンエッグのほうがいい？」

「サンドイッチがいいな」ニックはあくびをしながら頭上で両手を組み、長身をいっぱいに伸ばした。

緊張が解けてやわらかくなった顔を見ていると、胸がどきどきし始め、カロラインは目をそらした。

コーヒーの用意をし、コールドビーフサンドイッチを作るカロラインの姿を、ニックがじっと見つめていた。キッチンの静けさは、叫び出してしまいそうなほどカロラインの神経を振動させる。

何か話でもしなければまいってしまう。ピーターが彼に根も葉もない嫉妬《しっと》の告白をするまで、たしかに彼との間に友情と呼べるものがあったはずだ。今では、まるで別世界のことのように思えるけれど、ちゃんと存在していた。あの頃、わたしたちは何を話し合っていたのだろう？

つとめて明るくカロラインは切り出した。「お母さまにうかがったんですけど、工場が大変なんですってね」

ニックは肩をすくめた。「そうでもないんだ。工場は順調に動いている——この頃、製品販売が難しくなってきているだけなのさ。どの製品も、外国のものと競争しなければならないからね」

「朝から晩まで働きづめなんでしょう?」カロラインはパーコレーターのスイッチを切り、カップを取り出した。

「いやだなんて言っていられないんだよ」ニックはカロラインの手を思い詰めたような目で見つめ、カロラインはまた動揺した。常に注がれる青い目の監視から、どうしても逃れることができない。

「もっと休まなくちゃだめよ」

ニックの口がゆがんだ。「それは誘惑なのかな?」

顔が赤くなるのがわかり、カロラインはつっけんどんにサンドイッチをニックの前に置き、背を向けた。すかさずニックが立ちあがり、肩をつかんで引き寄せた。カロラインの髪にくちびるが触れた。

「悪かった……」ニックの声はかすれていた。「くたびれきっていて、ちゃんと考えることができないんだ」

「そんなに働いちゃいけないわ」カロラインはささやいた。「もう、何も考えないで。とにかく夜食を召しあがってお眠りなさいな、ニック。こんな調子で働き続けていたら、まいってしまうわ」

「もうかなりまいってるよ」ニックはカロラインの華奢《きやしや》な肩をなでた。その指は温かく繊細だった。「頭がどうにかなってしまったにちがいない。時々、自分でも、やりたいことだけをやろうと思うんだけどね」

カロラインの口からあえぎがもれる。ニックの指が一瞬緊張したが、彼は自制心を失うのを恐れるかのようにカロラインを押しやった。

「おやすみ、カロライン」低く深みのある声だった。「早く行ってくれ。ぼくがおかしなことをしないうちに」

カロラインは不確かな足どりでキッチンを出た。

その夜もまたあまり眠れず、朝目覚めた時も疲れがとれていなかったが、思い切って犬を連れて散歩へ出かけた。頬を染めて戻って来たカロラインをヘレンがうれしそうに迎えた。

午後フレイが十分間だけ立ち寄った。

「お母さまの具合はどうなのかしら？」彼を車まで送る途中、カロラインが尋ねた。

「ずい分良くなったようだ。どんな薬より、きみとケリーが効いているみたいだな。このまま続けてくれたまえ」

カロラインはため息をついた。「一週間ぐらいしかここにいられないのよ」

フレイは足を止め、カロラインの顔をのぞきこんだ。「延ばせないのかい？」

「だめよ。仕事があるんですもの」

「カロライン、二週間前のヘレンがどんなだったかを知っていれば、帰ることはできないはずだ。きみたちがいなくなってしまったら、ぼくはヘレンのこれからに責任が持てないよ」フレイは元気のない声で言い、カロラインの心は沈んだ。

フレイは彼女の手を取ると、ぎゅっと握り締めた。

「よく考えてみてくれないか。ぼくたちは誰も生きる目的が必要なんだよ。きみとケリーはヘレンの唯一の心の支えなんだから」

フレイの車が去って行き、カロラインは真っ青な秋の空を見あげた。どうするべきなのだろう？　ヘレンの生死がわたしにかかっている。フレイが大げさに騒ぎたてているだけ、と思うことができればいいのだが、スケルデールに戻って来た最初の日に、痛々しいまでに孫を見たがった義母の姿がフレイの言葉を裏づけているように思える。

いくつかのことが考えられる。もう少し広い家に移って、ロンドンで仕事を続ける。第二に、仕事を諦《あきら》めてスケルデールに戻って来る。第三は、しばらくケリーと寝室を分け合って、庭に小さな部屋を建て増しする。

その夜、ケリーが寝室へ行ってしまってから、カロラインはその話題を持ち出した。

「ああ、未来のことは考えたくないわ」ヘレンはかすかなため息をついた。

「でも、考えなければならないんです」カロラインは義母の手を包みこんだ。「急いで結論を出すことはありませんが、話し合わなければ」

「あなたに負担をかけることはできないわ」

「そんなことをご心配になることはありませんわ」カロラインは首を振った。「ケリーもわたしもお母さまと一緒にいたいんですもの。どうしてお母さまだけをスケルデールに残しておけましょう？」

「でも、わたし、ロンドンに住めるかどうか……」ヘレンが言いかけた時、ニックが部屋に入って来た。

「ロンドンに住む？」ニックはおうむ返しに言った。「そんな妙なことを思いついたのは、どこのつまらない頭脳なのかな？」

「わたしよ」カロラインは憤然として言った。

「そうだろうと思ったよ！」

「カロラインはとても親切に……」

ニックがヘレンの言葉をさえぎった。「六十年も住み慣れた土地からおばさんを引っこ抜こうっていうんですよ。それを親切とおっしゃるのですか？」

カロラインの顔に血がのぼった。

「カロラインはとてもいいお仕事を持っているのよ」ヘレンが慌てて言った。「わたしのためにそんなにすばらしいお仕事を諦めてちょうだいとは言えないわ。スケルデールでは無理ですもの」

ニックの口が不快そうにゆがんだ。「女たちに必要のないものを売りつけるために、新しいキャッチフレーズを考え出すことが、いい仕事といえるのかな？　石けんや日焼けオイルの宣伝文句なんて……。

いや、ぼくたちはきみから、世界をめちゃくちゃにするような仕事は奪わないほうがいいんだ！」

「まあ、あなたってずい分ひねくれた考えをなさるのね」カロラインが言った。「卑劣なあてこすりはもうたくさん。あなたには関係ないことです！」

「関係あるかどうかはぼくが決める」

「とんでもないわ」

ヘレンは肝をつぶして、代わる代わるふたりを見ていた。今、初めて、ふたりの間にある憎悪に気づいたらしい。

「おばさんはずっとスケルデールに住んできたんだ。醜いロンドン郊外のうさぎ小屋で、昼間きみたちがいない時、いったい何をすればいいんだい？　友だちはみんなここにいるっていうのに。自分の都合ばかり考える人間におばさんを連れて行かせるものか！」

ヘレンは苦しげにため息をついたが、ニックに痛いところを突かれてかっとなっていたカロラインは、まるでそんなことに気がつかなかった。

冷笑を浮かべた青い目が冷ややかに付け加えた。

「仕事について言えば――ぼくのところで働けばいい。ちょうど広告部を作ろうと思っていたんだ。今までは外の代理店を使っていたんだが、そろそろ会社の中でやるべき時期だからね」

カロラインはたじろいで首を振った。ニックのところで働く、ですって！　そんなの絶対にいや！

「すばらしい考えじゃないの、ニック」ヘレンが意気ごんで言った。「カロラインは広告部の責任者になるんでしょう？　すごいわ」

やめてください！　カロラインは心の中でこう叫びながら、茫然《ぼうぜん》として義母を見ていた。

「排気ガスやスモッグでよごれたロンドンよりも、ここの空気のほうがケリーにとってずっといいはずよ」ヘレンが続けた。「それに、小さな学校のほうがケリーのためになるわ。ロンドンのマンモス校にはない楽しい雰囲気があるもの」

カロラインは、ニックの〝それみろ〟といわんばかりの視線を受け止めながら、がっくりと肩を落とした。

「あなたって心のやさしい人なのね」とヘレンがニックに言った。「カロラインなら、きっとその仕事を立派にやり遂げられるでしょう。なんといっても、経験があるんですもの。アイデアが形となって実際に人々の目に触れるなんて、すてきでしょうね」

ニック・ホルトの下で働くことになれば、自分のアイデアが採用されることはないだろうし、昼も夜も命令されるばかりに決まっている。なんとかしてこの計画をやめさせなくてはならない。もう一週間あの目で見続けられたら、発狂してしまいそうだった。

「じゃ、これで決まりだ」ニックが簡単に言った。

驚いてカロラインが目をあげると、ニックは満足気な笑いを口もとに浮かべて出て行った。

ヘレンがおずおずと口を開いた。「気に入ったかしら？　あなたならできるわ。もちろんあなたの気持が第一よ。でも、ケリーのためには、ロンドンよりもスケルデールのほうがいいと思うの」

カロラインは笑みを作った。「たぶんそうでしょうね……」

「そうよ、わたしはそう思うわ。ロンドンでは個人が尊重されないんでしょう？　お買い物に行っても、わたしたちのようにおしゃべりをしないそうじゃないの。ここでは、お肉屋さんでもどこでもわたしに話しかけてくれるわ。住んでもいないわたしが言うのも変だけど、ロンドンっていう町では誰もくつろげないような気がするのよ」

「慣れの問題だと思いますわ」カロラインが言った。

ヘレンはくちびるをかんだ。「そうね。でも、あなたに負担をかけたくはないのよ」

カロラインは微笑を浮かべた。「たしかに、ニックの考えがいろいろな問題を解決することでしょう」失望しているように見えるヘレンを傷つけたくなかったので、カロラインは気持と反対のことを口にした。「一日二日、考えてみますわ」

言い訳をつぶやきながらヘレンのもとを離れて二階へあがろうとすると、ニックが階段をおりて来た。驚いたことにニックはイブニングスーツを着こんでいる。長身のすらりとしたからだ、日に焼けた肌。まるで夢の中から現れた王子さまのようで、カロラインの肌は熱くなってしまう。

「まだ感謝の言葉をもらっていないんだけど」ニックはわざとゆっくり言った。

「何に感謝するの？」言葉が弾丸のように飛び出したが、それは彼をおもしろがらせただけだった。

「職を提供したことにさ」

「まだ決めたわけじゃないわ。スケルデールで働くかどうかもわからないのよ」

ニックは肩をすくめた。「スケルデールで他に勤め口があるかどうか怪しいもんだね」

「遠くまで通えば、あると思うわ」

「ヨークシャーまでも？」ニックの口が引きつっている。「そう、きみなら職にありつけるかもしれないが、毎日通うのは大変だし、ケリーとあまり会えなくなるよ」

そのとおりだった。上の段にいるせいでニックはいつもより大きく見え、余裕を持って見おろしている彼の態度に、カロラインは圧倒された。

「きみは礼儀を知らないようだな」

「礼儀ですって？」

「まだ『ありがとう』って言ってもらってないんだよ」ニックは黒いまつげを伏せ、その下からカロラインをうかがった。

「ありがとう！」言葉は激しさとナイフの先端のような鋭さを持ち、緑の目は憎悪に燃えていた。

「心から言っているようには聞こえないね」

カロラインのからだは怒りで震えた。「まったく本当の気持よ」にやにやしている顔に平手打ちをくらわせてやりたかった。

「急いでなければ、ゆっくりこの問題を検討するんだが」ニックは腕時計に目を落とした。「またの機会に譲るとしよう」

「これで終わりにしてください！」カロラインは握りこぶしを作って大声をあげた。ニックは笑ったがまつげがあがった時、青い目の中には脅迫があった。

「急いで決めることはない。待っているよ。この世の終わりまでも」

ひんやりとしたものが背筋を駆けおりた。カロラインは恐怖の波に攻めたてられるように階段をのぼった。たしかにスケルデールのような小さな町で、現在のように高給の職を手に入れるのは至難の業だろう。ニックは、自分の申し出をカロラインが断るはずがないことをはっきり知っている。これは罠《わな》、罠にちがいない。ニックの会社では、さまざまな試練が待ち受けていることだろう。

しばらくして下へおりて行くと、ヘレンはニックがディナーパーティーへ出かけたことを告げた。

「スケルトン家の人たちとなのよ」

カロラインは首をひねった。「スケルトンさん？」

「あなたはきっと知らないわ。一年前に越していらした人たちですもの。ヘンリー・スケルトンはアフリカのどこかで工場をやってらしたんだけど、引退して故郷へ戻っていらしたのよ。ニックの工場にいくらか投資してくださったんですって。あの子はひんぱんにあの一家と会っているみたいよ」

「どこにお住まいなんですか？」カロラインは、スケルデール界隈《かいわい》でお金持が住みそうな場所を思い浮かべようとした。

「ホーカムの下のほうよ」

「あの辺に家があったでしょうか」カロラインは眉をひそめた。

「お家を新築なさったのよ。ジョー・ボンドが馬を放し飼いにしていた低くなった牧草地を覚えていない？ 彼はあの土地をヘンリー・スケルトンに売っちゃったのよ」

「まあ、それは残念ですわね。ホーカム・トアの眺めが損なわれてしまったんじゃありません？」

「そうなのよ。でも、ジョーはずい分得したんじゃないかしら。あの土地はやせていて、岩がたくさんあって、ましなものが何も育たなかったんですもの。鋤《すき》でいちいち大きな岩を掘り起こすのもいやになったんでしょう。議会が宅地にしてもいいという許可を与えたから、スケルトンさんが家をお建てになったのよ」

「すてきなお家ですか？」

ヘレンはしかめっ面をした。「とても現代的なんですって。わたしはあまり知らないんだけど、最新の設備が揃っているらしいわ。ベントール夫人のいとこがあのお宅にお世話になっているの。彼女がしじゅうあの家のキッチンがどんなにすばらしいかを聞かせてくれるのよ。ヘイゼル・スケルトンがロンドンからキッチン・コーディネーターを連れてきたんですって。どうやら、『スター・ウォーズ』に出てくるようなものらしいわ」

「ヘイゼル・スケルトンって奥さまですの？」

「娘さんよ。とてもきれいな人なんだけど、立居振舞があまり感心できないの。去年のクリスマスパーティーにあの人たちもやって来たんだけど、あの人ったら握手してちょっとしゃべっただけですぐにどこかへ行ってしまうのよ。三十分たって、また誰かが紹介しようとしてくれたから、『先程もう紹介していただきましたわ』って言おうとしたの。そうしたら、彼女って同じことを繰り返していくんだから。わたしの顔すら覚えていなかったのよ。今でもわからないでしょうね」

カロラインは笑い声をあげた。「なんて人なんでしょう！」

「でも、ニックはよく彼女とデートしているのよ」

カロラインは笑みを絶やさずに言った。「まあ、そうなんですか。きっと共通するものがあるんでしょう」

夕食を終え、くつろいでいる時にヘレンが言った。

「ねえ、あの古い家を売って、もっとモダンな家を見つけましょうよ。新しい出発のために。そのほうが幸せになれるんじゃない？」

ついに心を決める時がやってきた。ヘレンを見捨てることはできない。

「お母さま次第ですわ」一瞬ためらったのち、カロラインは明るく言った。「お好きなようになさってくださいな」

「そうするのが一番だと思うのよ」ヘレンはカロラインの心の迷いに気がつき、心配そうに言った。「あの家じゃないほうがケリーもいいでしょうからね。わたしたちにとっても新しい出発になるわ」

カロラインはうなずいた。

「それに、ニックの言っていたお仕事をするつもりでしょう？　とてもいいチャンスだと思うのよ」ヘレンは熱心に言った。

カロラインは言いたいことをのみこんで、「ええ、そのつもりですわ」と言ったが、のちのちのことを思うとぞっとした。

ヘレンは義娘《むすめ》の頬にキスして、手を軽くたたいた。

「よかった。ありがとう」

寝室でカロラインは、小さな灰色の蛾がランプシェードのまわりを飛んでいるのを見つめていた。蛾は粉だらけの羽をばたばたさせて、けんめいに明かりに突進していくのだが、電球の熱に追い払われる。しかし、蛾はいつまでもそれをやめようとせずに何度も何度も同じことを繰り返していた。カロラインには蛾の気持が痛いほどわかった。

ニックに二度と会わずに済むように、逃げ出したいのは山々なのだが、ヘレンのことを考えると、そんなことは絶対にできない。この前逃げ出した時は都合のいい言い訳があった。しかし、それにもかかわらず、罪の意識を感じないわけにはいかなかった。今、いくらかでもその償いをしなければならない。

ヘレンはとても多くのことに耐えてきた——これ以上彼女をつらい目に遭わせることはできない。しかし、ニックに辱められることを考えると、逃げ出したいという気持が湧《わ》いてくる。彼はピーターの言ったことをすっかり信じ切っているし、それが間違っていることを証明する方法はない。針でちくちく刺すようなニックのいやがらせと一緒に暮らしていかなければならないのは、愉快なことではないだろう。

翌日の朝食のテーブルで、カロラインはこれからのことをケリーと話し合った。

「あたしたち、スケルデールで暮らすの？」琥珀《こはく》色の目が大きく見開かれた。「永久に、マミー？」

「永久というのは長い時間よ。とりあえず二年は確実ね」カロラインは娘の顔を見つめた。ケリーがどう反応するか心配だった。彼女のスケルデールの思い出は決していいものではないので、どう感じるか、カロラインには想像がつかなかったのである。

ケリーはパンの先を少し濡《ぬ》らして、ひと口かじった。

「どう思う？」カロラインが尋ねた。

「お家はどうするの？」

「売ろうと思っているわ」

「シャーロンに会えなくなっちゃうのね」ケリーは悲しそうな顔をした。

「遊びに来てもらえばいいじゃない？　シャーロンに荒地を見せてあげれば喜ぶわ」

「オールドハム先生はなんておっしゃるかしら？」

「あなたがいなくなると寂しいでしょうね。でも、わたしたちがロンドンに帰れば、おばあさまが悲しまれるわ」小さな肩に重荷を押しつけたくはなかったが、ヘレンのことをきちんと言っておかなければならなかった。

　ケリーはじっと皿を見つめている。「あたしたち、あのお家に住むことになるの？」

　カロラインの頭に、ロンドンの家の壁に貼《は》ってある絵がよぎった。黒い窓、走っている人に覆いかぶさる黒い影。

「いいえ、おばあさまはあのお家を売って、新しいお家をお買いになるのよ。選ぶ時、あなたの意見も聞かせてちょうだいね」

　ドアが開き、ニックが入って来た。カロラインは驚いたが、しばらくしてやっと今日が土曜であることを思い出した。

　ケリーが声を弾ませた。「おはよう、ニックおじさま。いいことを教えてさしあげましょうか？　おばあさまはあのお家をお売りになって、あたしたちは永久にここに住むことになるのよ！」

　ケリーの頭の向こうに満足気な顔が見えた。

　間もなくベントール夫人が現れ、ケリーをキッチンへ連れて行った。ニックとこんなに近くにいては危険だと思い、カロラインは慌てて立ちあがった。

「どこへ行く？」朝刊を読んでいたニックが顔をあげた。

「わたし……」

「座るんだ」

「しなければならないことがたくさんあるのよ」カ

ロラインの我慢は限界にきていた。

「座るんだ」ニックは繰り返した。「話がある」ニックは新聞をたたんで、テーブルの上に置いた。

しぶしぶカロラインは腰をおろした。「なんでしょう？」

「仕事の話は、決まったものと考えていいんだね？」

カロラインの顔は蒼白《そうはく》になっていた。〝ノー〟と言いたかったが、主導権は向こうにあった。

ニックはカロラインをじっと見つめている。しなやかなからだに秘められた力が、目に見えるのではないかと思うほど振動した。

「イエスかノーか」

カロラインは震えるくちびるを舌で湿して「イエス」とささやいた。

「聞こえないな」ニックがにやにやして言った。

「嘘《うそ》！」声は低くかすれていた。「ちゃんと聞こえたはずよ――聞く必要もないでしょう。他に取るべき道がないのをご存じなんですもの」

「そうだ」細くなった青い目が油断なく光り、ニックは満足気になめらかな声で言った。「じゃ、条件を話し合おう」

「条件？」カロラインは身を固くした。

「そういうしきたりなのさ」ニックは笑みを浮かべながら言った。

言葉の意味をつかもうとして、カロラインは厳しい顔をうかがった。「しきたり？」

「そうさ」青い目はカロラインの反応を意地悪くおもしろがっていた。「サラリーとか、働く時間とか、細かいことをまだ決めていないじゃないか」

無意識にもれたため息が、さらにニックをおもしろがらせた。ニックの目は、はちみつのようなブロンドから下へおりていくと、いつまでも去っていかなかった。

「工場へ行って、これから使ってもらうことになるオフィスを見てくれないかな？　あっちのほうが話しやすいだろうからね」

「辞職願いを出して、丸ひと月はロンドンの会社で働かなくちゃならないのよ。会社だって、代わりの人を見つけなくちゃならないんですもの」

「急ぐことはない。どっちみち、きみがうちで働くようになるまでに準備することがたくさんあるんだ。今物置になっているところを改造して広告部にしようと思っているからね」ニックは立ちあがった。「さあ、行こう」

　反対することはできなかった。ニックの謎《なぞ》のような目がカロラインを突き刺す。彼の目から感情を隠す方法を学ばなければならない。彼のことを意識しないというのは不可能だろうが、無理をしてでも、無関心を装わなければならない。そうしないと、人生は永遠の煉獄《れんごく》となるのだから。

6

　カロラインが実際にニックの工場で働き始めたのは、六週間後のことだった。ニックのオフィスを訪ねた三日後、カロラインはロンドンへ戻って、ジョフリーに事情を説明した。予想どおりジョフリーは激怒し、しつこく説得された。「ぼくはコピーライターというめったに得られないすばらしい職を提供したんだよ。今辞めてしまうなんて、裏切りじゃないか」

　彼は武器として言葉を使える人なので、カロラインはただただ小さくなって聞いていた。

「いったいどこにあるんだい？　そんな名前、聞いたこともないよ。僻地《へきち》の小さな工場に勤めるだなんて——気でも狂ったのかい？　そんなところで、きみがやっていけるはずがないよ。きみはロンドンにいるべきなんだ。これからって時じゃないか。スケルデール？　いったいどこにあるんだい？」ジョフリーは、ウォットフォードから向こうには、くまの毛皮をまとった人間が住んでいると思いこんでいる。世界はロンドンを中心にまわっていると信じているらしい。

「本当に悪いと思っていますわ、ジョフリー。あなたにはとても感謝しています……」

「だから言わんこっちゃない。きみにこの職を提供した時、ぼくの頭はどうかしていたにちがいない」温和な笑顔はかげをひそめ、ジョフリーは不機嫌に吐き捨てた。

「でも、コピーライターという仕事を辞めるわけではないし……」

「でも、きみは自ら築いた職を手放そうとしているじゃないか」

「家族として果たす義務があるんですもの」カロラインがこう言っても、ジョフリーは納得しなかった。人生には仕事しかないと思っている彼に、そんな考えは通用しない。

「カロライン、きみはどうかしているよ」

「わかっています、ごめんなさい」

「家族の義務、ね」ジョフリーは信じられないというふうに首を振った。

「あなたにはご家族がないんですか？」こう尋ねた時に彼が見せた驚きの表情から、ジョフリーは人生を代理店に捧げたのであり、広告の世界で頂点をきわめようとしている男という印象をカロラインは受けた。成功——これこそが彼の聞きたい言葉なのである。

「どうしてもこうしなければならないんです」カロラインは冷静に言った。

「きみも頑固だな」ジョフリーは彼女の決意が固いことを悟り、説得をやめた。「でも、一生の仕事を年寄りのために諦《あきら》めるなんてもったいない。男のためというならわかるけど。正気とは思えないな！」

「年を取っているからこそ、そばにいてあげなくちゃならないんです。家族はわたしとケリーだけですから。それに、お母さまがこっちに来るというわけにはいかないんです」

「じゃ、行くんだな！」ジョフリーはドアをたたきつけて出て行ったが、とうとうカロラインが代理店を辞めるという日には態度を和らげた。「幸運を祈るよ。もし、仕事が必要になったら、連絡をくれたまえ。ただし、あくまでも仮定の話だ。忘れるなよ」ジョフリーは顔をしかめた。「才能あるきみを失うのは残念だよ」

「わたしも残念ですわ」カロラインの顔がくもった。ニック・ホルトのところで働くことを思うと気が重くなる。ジョフリーは成功に異常なまで執着する人だが、とてもいい社長で、カロラインは彼が好きだった。

小さなバンガロー形式の家に戻ると、さらにつらい別れが待っていた。シャーロンは涙をぽろぽろこぼしながらケリーとおもちゃを交換し、便りを忘れないよう念を押し、スケルデールを訪ねることを約束した。

デードルも悲しんだ。カロラインが、三人の子持ちの気のいい女性に家を売り渡したのがせめてもの慰めだった。「でも、あなたたちと同じようにはいかないと思うわ。これから寂しくなるわ」

「きっと来てね。スケルデールが気に入ると思うわ」

「今ははっきり言って、スケルデールが憎いわ」デードルは弱々しくほほ笑んだ。「あなたたちふたりを連れて行っちゃうんですもの。しばらくスケルデール嫌いになりそうよ」

　タクシーに乗ってからもケリーは泣き続けていたので、カロラインは娘のからだを抱き締めた。「大丈夫。またすぐにシャーロンに会えるわ」

「すぐには会えないわ」ケリーは泣きじゃくり、「ずっと会えないかもしれない」と涙で濡《ぬ》れた目をあげた。「それに、オールドハム先生にももう会えないのよ」

　ミス・オールドハムは、笑っている時でも、恐ろしい顔をしかめているように見える人で、カロラインはそれほど好きではないが、ケリーにとっては神さまのような存在だった。今、ケリーは世の中が真っ暗になってしまったと感じているのだろう。

　しかし、やがて事態は急転した。汽車がスケルデールに近づく頃、ケリーはニックに会えるという期待に胸をふくらませていた。

「おじさまは迎えに来てくださるかしら？　車に乗せてくださるかしら？」

「タクシーに乗ればいいじゃない」カロラインはニックが来ていないことを願っていた。

　待ち切れず先に汽車から飛び降りたケリーは、歓声をあげて走り出した。「ニックおじさま、ニックおじさま、ここよ、ここよ！」

　カロラインはゆっくり娘のあとを追った。力強い手がスーツケースに伸びる。

「旅は楽しかったかい？」

「ええ、とても」カロラインは視線をはずして答えた。

「車はあっちだ」

　ニックにまとわりつくようについて行く娘、それに応える陽気な笑顔を見ながら、カロラインはふたりのあとを追った。

「ヘレンはまだぼくのところにいるんだよ」車は鉄

道の駅を離れていった。

カロラインのからだはこわばった。「もうご自分の家に戻られたんだと思っていたのに」

「このほうがいいと思ったのさ」

「あなたが決めたってわけなのね？」

ニックはせせら笑うようにカロラインを見た。

「そのとおり。ヘレンはあそこへ戻りたくないんだよ。あの家にはいまわしい思い出がいっぱい詰まっているから……」ニックは心配そうに後ろをうかがったが、ケリーは相変わらず窓の外を眺めていた。

カロラインはため息をついた。ニックの言うとおり、あの家にはいやな思い出ばかりがある。わたしだってあそこへ戻りたくはない。ケリーはそのことについてひとことも言わないが、それはたぶん、ニックの家へ行くことになると思いこんでいるからだろう。

車が止まると、ケリーは逸《いち》早く飛び出して祖母を捜しに行った。ヘレンはフレイと話をしていた。

「カロライン！　戻って来てくれて本当によかった。ここで暮らすんだってね。それを聞いてうれしさも二倍になったよ」フレイがにこやかに迎えた。

「ありがとう」カロラインは義母にキスをした。ヘレンは確実に快方に向かっているようだ。「ずい分お元気になられましたのね」

「この人のおかげなのよ」ヘレンはうれしそうにフレイの手を軽くたたいた。

ニックは口をゆがめてドアへ向かい、カロラインはその後ろ姿を目で追った。フレイだけでなく彼もヘレンの力になっていた。くつろぐ場所を提供し、義娘《むすめ》と孫を捜し出し、連れて来たのだから。ケリーが興奮してとりとめのない話をするのを、ヘレンは辛抱強く聞いていた。

「そろそろおいとましなくちゃ」フレイが言った。

「車まで送ってくれないか、カロライン？」

「そうね、そうしてあげてちょうだい」ヘレンも頼んだ。

部屋から出たフレイは、元気のないカロラインの様子に気づき、片方の眉をつりあげた。

「どうかしたのかい？」

「いいえ、別に」カロラインは明るく言った。ヘレンの言うとおり、フレイは患者のために骨身を惜しまない、親切で思慮深い人だ。ヘレンの身を心配し、辛抱強くピーターを助けようとしてくれた。そのうえ、ピーターを非難したこともない。そんなことはめったにできることではないのに。

「すばらしい仕事とロンドンという世界を諦めたのを後悔しているんじゃないのかい？」フレイはじっとカロラインを見つめた。

カロラインは首を振った。「こうするのは当然のことだし、ケリーのためにはここのほうがいいと思っているのよ」

「たしかにそうだろう」フレイも同意した。「きみにとってもね」

カロラインは笑い声をあげた。「まあ、わたしも！」

「そうさ。自分のことはどうでもいいのかい？」

カロラインは顔をしかめた。「余裕ができたら考えるわ」

「今、考えてくれ」フレイは微笑を浮かべて催促した。やわらかな黄昏の光の中で見るフレイの顔はいつもより若く見える。昼の光は残酷だ。しわの一本一本をはっきり見せ、顔によぎるどんな表情も逃さない。

「ケリーはわたしの宝物よ。あの子の幸せがわたしの幸せなの」

「カロライン、一生ケリーのために生きることはできないんだよ。きみはとてもいい母親だけど、いつかは自分の力で人生を始めていかなければならないんだから」

緑の目が丸くなった。「ばかなことを言わないで！　わたしだって自分の人生を生きているわ。でも、あの子はわたしの子供なのよ。あの子を豊かに、幸せにしてあげるのがわたしの努めだし、責任があるのよ」

「もちろん責任は持たなくちゃ。でも、彼女はきみの人生のすべてではないんだよ、カロライン」フレイは車に乗りこんだが、運転席の窓を下げてさらに続けた。「大人になった時、彼女はきみから去っていくんだ。大人になるっていうのはそういうことだし、その時きみの仕事は終わるんだ。ケリーが自立する立派な人間になった時、どうなるんだ？　きみはどうなっているんだい？」

カロラインはフレイを見て言った。「何年も先のことだわ」

「そのとおり」フレイはエンジンをかけた。「気がついた時人生は残り少なくなっているんだ」フレイは困惑顔でたたずむカロラインを残して去って行った。

戻って来たカロラインの腕を、待ちかまえていたニックがつかまえた。抗議しようと目をあげると、蔑《さげす》みの目に出合った。

「フォレスターに近づくんじゃない」部屋の中にいるケリーとヘレンに聞こえないように、ニックは低くざらざらした声で言った。「きみをここに連れて来たのは、あいつのためじゃないんだ。三年前の続きをやろうったって、そうはいかない。そんなことはこのぼくが許さない」

カロラインの顔が青ざめた。「なんのお話？　どうしてそんなことを言わなくちゃならないのかしら？」

「きみがぼくのいとこにした仕打ちをぼくが忘れたとでも思っているのか？」ニックは指の力を強めて揺さぶり、明るいブロンドが激しく前後に揺れた。

くちびるが触れんばかりに顔を近づけ、ニックはやっと聞きとれるほどの声で言った。「クライマックスには終わりが来るものなのさ、カロライン。どんなにけんめいに走ろうとも。きみの時は終わったんだ。きみをつかまえたからには、もう逃がさない。ぼくの監視のもとにいてもらおう。ピーターへの、そして、彼が経験した惨めな時間の償いとして！」

　恐怖が大きくなっていった。カロラインの口から「違うのよ」というささやきがもれた。

　氷のような微笑が浮かんだ。「いつまでしらばっくれるんだ！　違っちゃいないことは、お互いによくわかっているじゃないか。きみは情け心も道徳心もないつまらない女だ。ぼくがそんな女にふさわしいレッスンをしてやるよ」青い目が険しくなった。「今の今から！」

　ニックの手が素早く動いて、カロラインのあごをつかんだ。バランスを失い、カロラインは恐怖にあえぎながら、ニックにしがみついた。ニックのくちびるが荒々しくそのあえぎを沈黙させる。激しい痛みと興奮の波が血液の中を駆け巡る。うめきながらカロラインは弱々しくニックのほうへ揺らぎ、力強いからだの温かさや雷のような音をたてている胸の鼓動を感じた。

　カロラインの手はゆっくりニックの首に巻きつき、ふさふさした黒髪の中へ入っていった。神経、細胞のひとつひとつが、男らしいからだを意識し、カロラインの中に渦のように欲望が湧《わ》きあがった。あまりにも長い間そういう欲望を抑えてきたので、一気に押し寄せたのだろう。

　顔をあげたニックは、長い距離を走り続けてきた人のように、荒々しく息を弾ませ、胸を波打たせていた。

　ニックに再会して以来ずっと否定しようとしてきた欲望に、カロラインの心臓は激しく打ち始めた。

ニックの肌がほてっている。カロラインの緑の目から、少しだけ開いているやわらかなくちびるへ視線を動かしたニックは、けいれんするように喉をごくりと鳴らし、目をそらした。

「ピーターが事故死した時、心に誓ったんだ。今度きみに会ったら、彼に対してきみがした仕打ちの償いをさせてやる、とね」ニックの声はしわがれていた。「きみはピーターの人生をめちゃくちゃにしてしまったんだ。あんなひどいことをしておいて許されるなんていう虫のいい話があるものか」

否定しようとした時、燃える青い目がカロラインを引き裂いた。

「黙ってぼくの話を聞くんだ。欲望を露《あらわ》にしたのは失敗だったな、カロライン。きみは武器をわざわざ手渡してくれたというわけだ。それを使わせてもらおうじゃないか」

首の後ろの肌がちくちくした。

「ずっときみを見張ってやる。男に近づいてはだめだ。きみはしっぺ返しを受けることになるんだ。きみの中の欲望を時々思い出させてやろう。そして、かつてきみの夫がやったように、きみが騒ぎまわるのを楽しんでやる。ピーターと同じぐらい苦しんでもらうからな」

カロラインのからだは激しく震え、立っていられないほどだった。白い顔がショックと恐れでゆがむ。涙で目がかすんできた。

ニックは深くて荒い息を吸い、蔑みの微笑を浮かべてカロラインを押しやった。「これでよくわかったはずだ」

自分で自分を守ることすらできず、カロラインはただただ震えながら青い目を見つめていた。

「逃げ出せるなどと思うな。今度は十メートルだって行かせるものか。じっとして、自分のやったことの責任を取るんだ」

カロラインは弱々しく首を振りながら、ニックがどんなに間違った思いこみをしているか、それがどんなにばかげているか、ピーターがどんなに嘘《うそ》つきだったかを証明しようとしたが、舌が言うことをきかなかった。

ニックは残酷な笑みを浮かべた。「かわいそうに、ひどい顔じゃないか。ぼくがピーターのように、夢心地になるとでも思っていたのかい？　幻滅させて悪かったな。でも、ぼくはピーターよりタフにできているんだ。大きな緑の目とセクシーなからだでぼくの心がとらえられると思ったら大間違いだ」

ヘレンの声が聞こえてきた。「ふたりとも、そんなところで何をしているの？　こっちへ来て、ケリーの話を聞いてやってちょうだい……」

ニックは声のほうへ顔を向けていたが、カロラインを振り向いて言った。「二階へあがっていたほうがいい。顔が真っ青だ」ニックは満足気ににやりと笑った。「頭痛がするとでも言っておいてやるさ」

動くことすらできずに、打ちひしがれて突っ立っているカロラインを、ニックは荒っぽく押しやった。

「さあ、早く。ケリーにそんな顔を見られたら、どうするんだい？」

カロラインは手すりにつかまって、のろのろ階段をのぼった。ニックは彼女が階段をのぼったのを見届けると居間へ入って行った。

「カロラインは頭痛がするので、しばらく横になってくるそうですよ」

「まあ、本当？」ヘレンの心配そうな声が聞こえてきた。

「汽車の旅のせいでしょう」

ドアが閉まり、階下の声は聞こえなくなった。カロラインは重い足を引きずって寝室へ行き、ベッドに倒れこんだ。身はずたずたに引き裂かれ、葉のように震えながら、カロラインは初めて経験するつらさにたじろいだ。

かつてカロラインの人生は一度、粉々に砕かれた。ケリーのために強くならなければならなかった彼女は、残っている勇気と忍耐を奮い起こしてその残骸から逃げ出し、ひとつずつれんがを積み重ね、ふたりのための人生を再び築きあげてきたところだった。

カロラインは、自分がとても傷つきやすい人間であるのを今さらのように感じた。代理店では高い地位の仕事を手に入れたのも、ケリーを扶養しなければならないからだった。カロライン自身は野心的な人間ではなく、デードルのような立場の人といつ入れ替わってもかまわないと思っていた。デードルはそこのところをよくわかっていず、カロラインの生きかたをどんなにうらやましく思っているか、ことあるごとに口にしていた。が、デードルには、無理やり自分を励まして社会に立ち向かう必要がなかったのである。締め切りが迫ってきて、どんな時でも頭の中にきらきら輝くようなアイデアを出すようジョフリーにせっつかれると、カロラインは仕事を放り投げてしまいたいとよく思ったものだった。

もちろん彼女はそんな重圧をうまく切り抜けた——そうしなければならなかったからだ——が、心の内側ではいつもいやだいやだと思っていた。そしてニックの激しい態度が引き金となって、今はすっかり落ちこんでしまったのである。

これから先、いやなことがどれほどあるのだろうか？　悩みを分かち合う夫の支えも愛もなく、くる日もくる日も心を励まし続けて、仕事、家庭、子供の問題をすべて背負いこんでくれば、さらなる一撃にたたきのめされてもしかたないだろう。

暗闇《くらやみ》の中で、ついに涙が出た。

「耐えられないわ」とつぶやくと、寂しさと孤独が激しく襲ってきた。

気持を打ち明けて助けを求められる人は誰もいな

いのだ。すでにひどい経験をしているヘレンを悲しませることはできないし、フレイに相談すれば、彼はニックを説得しようとするだろう。ニックはわたしにやったように、フレイに仕返しをするに決まっている。フレイはニックの罵詈《ばり》雑言を浴びてもびくともしないだろうが、やはり彼にそんな場面に直面してほしくない。カロラインは吐き気を感じて震えた。そう、それだけは避けなければならない。

「嫌いよ、あんな人」と言ってはみたが、声には説得力がなく、自分でも嘘であることがよくわかっていた。

心の奥底にしまいこんでいた本当の気持からカロラインは目をそむけたが、奇妙なことに自分でもつかみきれない感情に突き動かされ、エネルギーのようなものが湧いてきた。

カロラインはのろのろとベッドからおり、明かりをつけた。鏡の中の顔には生気がなく、緑の目は涙でよごれ、まぶたは腫《は》れあがっている。冷たい水で顔を洗い、ぼさぼさになった髪をとかし、化粧をして、なんとか外観だけをとりつくろった。

床にたたきつけられた時になすべきことはただひとつ——再び立ちあがること。

それは、ピーターと暮らしたつらい年月にカロラインが学んだことだった。恐怖、惨めさ、罪悪感。あの時、ケリーがいなかったら、自殺を図っていたかもしれない。今のわたしにはケリーだけでなくヘレンもいる。自由になってひとりで歩き出すよりも、ふたりに対する責任という重荷を背負いこむほうがいい。かつて、静まり返った小さな家で、夜空を見あげながら、巨大な宇宙に恐れをいだいたものだった。人間というものは、お互いの温かさを欲しがって群がるものだ。ひとりで生きるようにつくられていないから、まわりに生きるための心の支えを見つけ出さなければならない。

ケリーとヘレンが今のカロラインの心の支えである。ニックにどんなにひどい仕打ちを受けようとも、ふたりのためならば、ここにとどまって、彼に立ち向かっていける。カロラインは明かりを消して階段をおりて行った。

居間にニックの姿はなかった。

「頭の具合はどう？」ヘレンが心配そうに尋ねた。

「治りましたわ」

「顔色があまり良くないみたいね」ヘレンの目は節穴ではなかった。

「汽車の旅はいやですわ」

ケリーが読んでいた本から目をあげた。「あたしは大好きよ！」

カロラインは笑い声が自然であるのを願いながら笑った。「ニックはどこですか？」

「出かけたのよ」ヘレンが答えた。「また、ヘイゼル・スケルトンだと思うわ。あの子はひんぱんに彼女と会っているから」

カロラインは暖炉に目をやった。炎がすすのこびりついた煙突にはねあがり、つんとする香りが鼻を刺激した。

「今日は冷えるわね」ヘレンがつぶやいた。

「そうですね」カロラインのからだは氷のように冷たかった。

「あっという間にクリスマスね」

ケリーがうれしそうに笑った。「今度のクリスマスにはお人形が欲しいな。乳母車付きの……」

「何がもらえるかは、もらってみるまでわからないのよ」カロラインが笑いながら言い、ケリーは鼻の頭にしわを寄せた。

「こういうクリスマスを長い間待っていたのよ」ヘレンが声を詰まらせた。「家の中に子供がいるのはいいものね」

スケルデールで過ごした最後のクリスマスはひど

いものだった。ピーターはお酒をまったく手放さなくなり、ケリーに暴力をふるっていた。アルコールは正気の時の心の抑制を取り除き、正常の時には見えなかった性格を表面化する。どうしてピーターはまわりのものすべてを粉々にしなければならないのだろう、とカロラインはしばしば思ったものだった。アルコールを口にすると、どうしてあんなに狂暴になるのだろう？

　父親が小さい頃のピーターにあまりにも厳しすぎて、鞭《むち》でたたくことによって彼の人格を破壊してしまったというヘレンの意見は、たぶん真実なのだろう。しらふの時のピーターは決して暴力的ではなかった。でも、心の中では父に対する怒り、自分に対する怒りを抑えていたにちがいない。彼は心の奥底で自分が弱い人間であることを知っていたからだ。そして、お酒が入ると、抑制されていたすべての怒りが解き放たれ、まわりのものへと向かっていくのだ。

「すぐに働き始めるわけじゃないんでしょう？」ヘレンが尋ね、カロラインは現実へ引き戻された。

「まだはっきりしたことは決まっていないんですよ」

「一緒に家を探してもらえるといいんだけど」ヘレンがせがむように言った。ここ六週間でヘレンの顔はふっくらし、血色も良くなり、再会した当初に目に浮かんでいた弱々しいだるさが消えている。

「ええ、いいですわ」

　家を見つけるのが早ければ早いほど、ニックから、彼の仕打ちから逃れられる。同じ屋根の下で暮らしていれば、いつまでもびくびくしていなければならないのだから。

「明日、さっそく探し始めましょう」カロラインはいきごんで言った。

7

数日後、町の中心地に家が見つかった。手入れの行き届いた庭のある、テラス付きの小さな家だが、寝室は三つあり、価格も妥当だった。最初はヘレンが資金を提供すると申し出たが、カロラインが家を売ったお金で買う、と主張して、結局そうすることになった。したがって高額な家ではなかったが、同時にそれは独立を意味していた。

　小学校にも歩いて通えるし、道の突き当たりの停留所からバスに乗れば、工場にも楽に行ける。

「理想的だわ」カロラインは庭から家を見あげて言った。

「ペンキを塗り直す必要があるわね」ヘレンが提案した。

「でも、概してとても手入れが行き届いていていますわ」赤いれんが造りのエドワード王朝後期のこの建物には、鑑定人の報告によると、構造上の欠陥はないということだった。「内装はわたしがやります」

　ヘレンは笑い出した。「あなたってなんでもできるのね。でも、本当にやるつもり？　やはり専門家に任せたほうがいいんじゃなくて？」

「それはそうでしょうけど、お金がかかりますわ」カロラインは言った。「それに、もちろんわたしひとりでやってごらんにいれますわ。人間、やろうとすれば、なんでもできるものなんです」

　その夜のディナーの席で、ヘレンはニックにその話を伝えた。「カロラインは内装を全部自分でやろうっていうのよ」

　ニックの黒い眉が寄った。「ばかな！　工場の仕事は生やさしいものじゃないんだよ。ぼくが専門家を見つけてあげるよ」

「その必要はないわ」ニックから逃れられるという見通しがたった今、びくびくすることはなかった。「今まで住んでいたところだってわたしがやったんですもの。趣味なのよ」

「弁護士に手続きを急ぐように頼んできたの」ヘレンが言った。「即金で支払うんだから、ぐずぐずすべきじゃないもの。あなたには心から感謝しているわ、ニック。これでやっとあなたの迷惑にならずにすむわ」

「迷惑なんかじゃありませんよ。一緒に暮らせてうれしいんですから。慌てて出て行くことはないんですよ」

ヘレンは微笑を浮かべた。「でもね……」

「何もかもが初めてのことですから、カロラインはとても忙しくなるでしょう。それなのに、家のことに気を取られてほしくはないんです。弁護士にはいつものようにゆっくりやらせることです。急ぐことはありません」

「できるだけ早く引っ越したいわ」カロラインが口をはさんだ。

ニックはカロラインがこの家から、そして自分から逃げ出したがっているのを十分すぎるほど知っていたが、ヘレンの前なので何も言わなかった。その代わり、ふたりの目は火花を散らした。緑の目は、どんなことをしてでもあなたから逃げ出すつもりだと言い、氷のような青い目は、そんなことをさせるものかと言っている。

ニックは乾いた笑みを浮かべた。「いつから働いてもらえるのかな？　オフィスの準備は整っているんだが」

「まあ、すぐにではないんでしょう？」ヘレンは思わずこう言ったが、笑いながら訂正した。「手前勝手なことを言ってごめんなさい。もちろんすぐ働き始めなくちゃならないわね」

「来週の月曜からというのはどうだい？」

カロラインは断ろうとして口を開きかけたが、結局首を縦に振った。

「よし、決まった」ニックが立ちあがった。「忙しい日が続くから、覚悟しておくことだ」

ニックの言葉は嘘《うそ》ではなかった。一週間後、新しいオフィスで資料に目を通しながらカロラインはそう思っていた。工場は、極限に近いほど洗練された電気製品を作って輸出していて、これまで、いくつかの代理店が広告を担当してた。カロラインは代理店の過去の仕事ぶりを調べあげ、もっと質の良いアイデアを生み出さなければならないと結論を出した。

片手に書類を持って、窓の外を眺めている時だった。「なまけていては困るな」という辛らつな声が聞こえた。

「なまけてなんかいません」カロラインは顔を赤くした。繊細な喉の曲線が動いて、怒りがのみこまれる。

ニックはすらりとした長身のからだを、ストライプの黒いスーツとストライプのピンクのシャツに包んで、廊下の壁にもたれかかっていた。そんな服装は工場には似つかわしくないが、強い個性を持つ彼にはぴったりだった。カロラインは震える息を吸いながら、目をそらした。ある意味で、彼はピーターよりも怖い。彼はわたしを憎むはっきりした理由を持っているのだから。

ニックは部屋の中へ入って来ると書類をちらりと見た。「進み具合はどうだい？」

「この会社が何を作っているかということと、あなたが狙いをつけているものがなんなのかがわかったところですわ」

「そうか。それで、今晩の予定は？」

「今晩？」

「そろそろ他の重役たちに会ってもらおうと思ってね。今日、スケルトン家で開かれているカクテルパーティーにきみも招待されているんだよ」

行きたくはなかったが、厳しく光っている青い目が断るのを許すはずはなかった。

ニックはこばかにするように笑った。「せいぜいおめかしをして来るんだな。みんな、きみの品定めをするだろうからね。気に入ってもらいたいだろう？」口がますますゆがんだ。「でも、たいていの男はきみを好きになるだろうな？」長い指がやわらかくカールしたハニー・ブロンドの髪を後ろへ払った。「魅力的だ」ニックはこう言い残して姿を消した。

カロラインは閉まったドアを思い切りにらみつけた。あんなふうに軽蔑《けいべつ》される覚えはないのに……。

理不尽な扱いに耐えるのは生やさしいことではない。間違ったことで責められた時、憤慨して、「不公平よ！」と泣き叫ぶのは、決して子供だけではない。なんとかして誤解を解きたいとカロラインは切に願ったが、どうやったらできるのかは見当もつかなかった。

その夜、カロラインは、たっぷりとした袖のついたほどよい襟ぐりの茶色のベルベットのドレスに身を包んで階下へおりて行った。カールした髪が歩くたびに弾み、上品な香りがかすかに漂う。魅力的かつ有能に見えるよう、カロラインは注意を払って身支度を整えていた。

ウイスキーのグラスを片手に暖炉の前で待っていたニックが目をあげた。青い目が一瞬謎《なぞ》に包まれたが、彼は何も言わずにウイスキーを飲み干した。

「さあ、行こうか」

魅力的に見えるよう骨を折ったカロラインは、ニックに無視されて、腹がたった。

ニックがオフィスでも工場でも評判がいいことに

カロラインはすでに気づいていた。たぶん彼らに対してこれほど不愉快な態度は取らないのだろう。工場では多くの女性が働いている。電気製品を組み立てるには手先の器用さが必要で、男より女のほうが向いている、というのがニックの持論だった。ニックについて工場を見学した時も、彼に熱いまなざしを送っていた女の子がいたし、彼が目を向けるところすべてにほほ笑みが待っていたのもたしかだ。彼女たちに今の彼を見せてあげたいものだ！　ゆがんだ黒い眉、意地悪く光る青い目。魅力的だとは決して思わないだろう。

　車は暗い荒地をゆっくり進んでいった。放牧されている羊たちがふらりと道へ迷い出てくることがあるので、スピードはあまり出せない。ニックは一、二度クラクションを鳴らした。

　スケルトン邸は現代的な白壁の建物だった。荒地に囲まれた庭には一面に芝が植えられている。屋敷には明々と電気がついていて、車から降りると、笑い声や音楽が聞こえてきた。私道には車がぎっしり詰まっている。

　ふたりは無言で玄関へ向かい、ニックが呼び鈴を鳴らした。胸もとの切れこんだ赤いドレス姿のブルネットの小柄な女性が現れ、ニックにほほ笑みかけた。

「遅かったじゃないの。急いで、急いで。あなたの接待を当てにしていたんだから」くぐもった声には外国訛《なまり》があり、どこかの植民地の人だろうとカロラインは想像した。

　彼女がヘイゼル・スケルトンだった。目も髪も同色だが、目つきはとてもきつい。ニックの手を取る時に浮かべた取り澄ました笑みは、〝この人はわたしのものよ〟といわんばかりだった。

「こちらがカロライン・ストールさん」ニックが紹介した。「新しく広告を担当することになった人だ」

「いらっしゃい」ヘイゼルは見下すように言った。「おくつろぎになってね」形式的に笑みを浮かべていたが、目は少しも笑っていなかった。でもニックには比べものにならないほど温かくほほ笑みかけた。「ここのところごぶさたじゃないの。わたしはもっとあなたに会いたいのに、仕事ばかりしていちゃだめよ、ダーリン。わたしが何をクリスマスプレゼントにするつもりか、わかる？　重り付きの鎖よ。それを足につければ、働きすぎるあなたのペースも遅くなるわ！」

ふたりのあとから混雑している大広間へ入って行ったカロラインに好奇の目が集まった。

ヘイゼルがニックの手を引っぱって、「早くパパに挨拶《あいさつ》に行ってちょうだい」と言っている。

ニックはそっけなく「すぐ行く」と答えて、カロラインを振り向いた。「さあ、スケルトン氏にご挨拶だ」ニックが有無を言わせず命令し、彼の青い目はいつもの光を放った。

ものの言いかたも目つきも気にくわない。カロラインが憤慨してにらみ返した時、後ろでやさしい声がした。「カロラインじゃないか。これは驚いた。きみも招かれているとは知らなかったよ。こんなに早く会えるとはうれしいな」

振り向いたカロラインの顔がうれしさにほころんだ。「フレイじゃない！　まさか仕事をしない一夜をうまく手に入れたなんていうんじゃないでしょうね！」

「臨時の代理人を頼んだのさ」フレイがにっこりした。「だから、今夜は一杯のシェリーにしがみつく必要はないんだよ」フレイはいたずらっぽくウインクした。「気をつけたほうがいいよ。二杯飲んだら、シャンデリアからぶら下がり始めるから！」

カロラインは笑い声をあげた。「今日は気絶するほどおめかししているのね」えんじ色のベルベットのスーツは、フレイに似つかわしくない気取った雰囲気をかもしだしていた。いつも彼は控え目な服を着ている——というのも、静かな田舎では、医者は節度を守り、慣習に従うことが望まれているのである。

「きみだってすてきだよ。ぼくたちは似合いのカップルだな。ぴったりくっついて、みんなをうらやましがらせてやろうじゃないか」

「カロラインは遊びに来たんじゃない」ニックがにこりともせずに口をはさんだ。「仕事なんだ」つりあがった眉の下で青い目が怒りに燃え、カロラインの腕に指がくいこんだ。「失礼、フォレスター」

言うことをきかぬ女学生のように手を引っぱられながら、カロラインは言った。「あとでね、フレイ」ニックに交友関係まで指図されることはないはずだ。

ニックは、あとで仕返しが待っているぞ、というように目を光らせて、カロラインを引っぱって行った。

スケルトン氏は元気よく握手した。背は低いががっちりした体型のエネルギーがあり余っているような感じの人だった。

「この町は目を覚まさなければなりません。ロンドンに住んでいらしたのなら、もの足りなくお思いでしょう、カロライン? 若い人にとってあまりすることがありませんからね。今度、ヘイゼルに町を案内させて、友だちを紹介させましょう——あの子にはとてもたくさん友人がいるんです。知っておく必要のある人をみんな知っていますから」

ふたりの女は顔を合わせたが、ヘイゼルの快活な顔には熱心さがなかった。カロラインを知っておく価値のない人間だと決めたらしかった。

ニックはさらに数人の男性を紹介した。彼らはニックの会社の重役たちで、皆似たりよったりの年格好なので、ひとりひとりを区別するのが難しかった。

人当たりが良く、身だしなみも良く、礼儀正しく、まったく印象の薄い人たちだった。

彼らの会話に耳を傾けているうちに、なぜスケルトン氏があんなにいらだっていたかがわかってきた。彼ら全員を合わせても、精力的なスケルトン氏ひとりにかなわないのである。

間もなくニックはヘイゼルと共に姿を消し、男たちがゴルフの話を始めたので、カロラインは少しずつ彼らから離れていった。彼らはカロラインがいなくなったことに気づきもせず、ゴルフの話に熱中していた。人々の間を慎重にかき分けて逃げ出そうとしているカロラインを認めて、フレイが笑みを浮かべながら近づいて来た。

「逃げて来たのかい？」

カロラインは顔をしかめてみせた。「そのとおりよ」

「全然おもしろくないものな」フレイは小声で言ってにやりとした。「どうしてこんなパーティーに出るんだろうって時々思うよ」

「どうしてなの？」

フレイは肩をすくめた。「社交生活に飢えているからだろうね。飲み物を取ってきてあげようか？」

フレイは人混みをかき分けてバーへ行き、両手にグラスを持って戻って来た。「ヘレンに聞いたんだけど、ウィルバーソン街に家を買ったんだってね」

「ええ、すぐに見つかって運が良かったわ」

カロラインの話をフレイは考え深げにじっと耳を傾けて聞いていたが、話が終わると、遠慮がちに尋ねた。「きみは絵が好きかい？」

「絵？　ええ、好きよ」フレイが急にパーティーにふさわしい話題を持ち出したので、カロラインはおかしかった。

「実は水彩画を描いているんだ」フレイは恥ずかしそうに告白した。「来週、公会堂で絵の展覧会があるんだけど……見に行かないかい？　一般公開される前の晩、出品者だけが見られるんだよ。きみも来てくれるといいんだけどな」

「あなたが絵を描くなんて知らなかったわ、フレイ」

　フレイは顔をしかめた。「誰にも宣伝していないからね。そんなことがわかれば、患者に職務怠慢だって思われるだろう。絵というのはイメージが悪いんだよ。絵を描いているなんて言うと、孤島にでも行って、島の裸の子を描き出すんじゃないかって思われるんだから」

「そうしたいの？」カロラインが冷やかした。

「来年になったらね」フレイは顔をしわくちゃにして笑った。

「浜辺をうろつくあなたが目に浮かぶようだわ」カロラインは笑いながら言った。実際、フレイは世の中で一番そんな冒険をしそうもない人なのである。

「展覧会に行ってくれるね？」フレイが念を押し、カロラインはうなずいた。

「もちろんよ。どんな絵なのかしら。早く見たいわ」

「今、言っておくよ……。とてもひどいんだ」

「まあ、ご謙遜《けんそん》ね」

「ここにいたのか」不快な声が聞こえてきて、カロラインはあやうくグラスを取り落としそうになった。

「フォレスターを見つければ、必ず見つかると思っていたよ。そろそろ帰る時刻だ」

「まだいいじゃないか」フレイが腕時計に目を落とした。

「彼女は朝早く起きなくちゃならないんだよ」ニックが辛らつに言い返した。「もう九時だ。七時半には起きなくちゃならないんだからね」

「ぼくだってそうさ」フレイがため息をついた。

「そのことを忘れようと思っていたのに」

「失敬」

「おやすみなさい、フレイ」カロラインはグラスを置いた。

「忘れないでくれよ。来週の火曜、八時だからね」フレイが言った。

　カロラインはうなずいた。「忘れないわ」

「何を忘れないんだ？」車に乗りこむ時、ニックが尋ねた。

　カロラインはまごついた。「なんのこと？」

「来週の火曜、八時に始まる何かを忘れるなって、フォレスターが言っていたじゃないか」

　運転席に座ったニックは片手をシートに伸ばしてカロラインをじっと見つめた。

「ああ、あれね。公会堂で絵の展覧会があるの。一緒に行くって約束したわ」

　ニックはシートを指の先でこつこつたたいた。

「あいつに会うなって言ったはずだが」

「あなたに指図されることはないと思うわ」カロラインは敢然と挑戦した。「いったい自分をなんだと思ってるの？」突然怒りに火がつき、燃えあがった。「わたしがあなたの言うままになるとでも思っているの？　わたし、誰にも束縛されないわ。フレイに会いたければ会いに行くわ。あなたには止められないの。自分の思いどおりのことをやりますから！」

　ニックは顔を緊張させてカロラインを見つめていたが、やがて前を向き、エンジンをかけた。車は猛スピードで真っ暗な荒地を突っ走った。

「やめてちょうだい。死にたいの？」

　道に出てきた羊をよけるためにニックはハンドルを切り、車は激しく揺れた。

「ニック！」カロラインはニックにしがみついた。

　ニックは少しスピードをゆるめたが、横顔はかみそりのように鋭く、全身から怒りの振動が感じられた。ようやく家に着き、カロラインは逃げるように車から降りた。家は暗く、静まり返っている。

「だめだ」ニックは、慌てて階段へ向かおうとするカロラインの肩をつかんだ。「行くんじゃない、カロライン。話がある」

「ベッドに入りたいのよ」声がかすれていた。

「ベッドに入りたいだって！　いったいぼくが何をしたがっていると思っているんだ？」

　しわがれた叫びはカロラインの足から力を奪った。熱い興奮が押し寄せてきて、カロラインは震えながら目をそらした。

　ニックは息をひそめて冷ややかに笑っていたが、抵抗しようとするカロラインを制して、居間へ連れて行った。灰がかけられた暖炉の火が、暗闇《くらやみ》の中でくすぶっている。ニックはスタンドの明かりをつけ、カロラインを見おろした。

「言ったはずだ――フォレスターと会ってはいけないと。わかったか、カロライン。あいつとデートしちゃだめだ」

「どうしてそんなふうにわたしにあれこれ言いつけなくちゃならないの？」カロラインは顔をあげた。

「きみがピーターにしたようにフォレスターの人生をめちゃくちゃにするんじゃないか、と心配なのさ」

「違うのよ」カロラインは首を振りながらかすれ声で言った。

　ニックはカロラインのやわらかく温かみのある髪を見つめている。そして手を伸ばして、その髪をすくった。カロラインの緑の目が不安で大きくなる。

「きれいだ」ニックの声はしわがれている。「きみが欲しい」

　一瞬心臓が止まり、すぐにものすごい速さで打ち始めた。ニックは顔にある決意を浮かべてかがみこんだ。カロラインは爪先立ちになってくちびるを受けとめたが、震えながらあとずさった。

「だめよ」カロラインは誘惑されそうになっている自分自身を叱《しか》った。

「本心じゃないんだろう？」ニックがからかう。「ちょっとした戯れなんて、きみにはなんともないはずだ。ぼくはどうすればいいんだい？　ひざまずいて追いすがるのかい？　でも、残念ながら、ぼくはこういう戯れが好きじゃないし、きみが、自分のほうが一枚上手だと思っているのなら、それはとんでもない間違いだ。ぼくはピーターとは違う。きみを思いどおりにできるんだ」

「ニック、わたしを信じて」カロラインは懇願した。彼に自分を信じさせるという絶望的な試みを始めようとした。

　ニックの指はブロンドをもてあそび、温かい頬をなで、耳たぶに触れた。「無駄な努力はよせ。忘れるなよ……。フォレスターと会っちゃだめだ」

「ニック……」

「会えば、後悔することになる」

　肌や髪に触れるニックの指がカロラインの気持を弱くした。震えながら目をあげると、ニックは荒く息を吐き出した。

「そんな目でぼくを見るな」顔が蒼白《そうはく》になり、ざらざらした声はぞっとするほど怖い。そして目からは緊張した光が放たれた。「その緑の目の奥には何があるんだ？　どうしてもきみのことがわからない。本当に不可解だ。そのきれいな顔に気が狂ってしまいそうだよ。どうしてそんなにたくさんの顔を持つことができるんだい？　いい仕事を諦《あきら》めて、田舎へやって来て、老人と暮らす……」

「お母さまを愛しているんですもの」カロラインは憤然として言った。

　ニックは大きく息を吸った。「そう、それに、彼女もきみを愛している。そのぐらいのことはわかるよ……。ヘレンは感覚が鋭く、簡単にだまされるような人じゃないのに。でも、だまされているにちがいない。そうにちがいない！」

「本当にそう思うの、ニック？」カロラインはニックを真っすぐに見た。

顔が緊張している。「たぶん彼女はずる賢くないんだよ。あまりにも心がきれいだから、その甘い顔の裏できみが企《たくら》んでいることを想像できないんだろう」ニックは小刻みにからだを動かしていた。「それに、ケリーがいる……。あの子と一緒の時、きみは辛抱強くしっかりしていてやさしい。きみがすばらしい母親だということは否定できない」

本当は、否定できればいいのに、とニックは思っているようで、カロラインはため息をついた。

「どうやったらいろいろな顔がひとつになるのかな？」ニックは両手でカロラインの顔をはさんで、緑の目をのぞきこんだ。「時々、ピーターのように、ぼくの頭もどうかしてしまいそうになるよ。小さくて鋭い棘《とげ》のようにきみはぼくに刺さり、抜けないんだ」

「真実じゃないからとは思わないの？」カロラインは辛抱強く言った。「自分の判断を信用しないの？ピーターが言ったことが嘘《うそ》だと思うことはできないの？」

ニックの顔が紅潮した。「きみがそうしてほしいんだろう？そうやって、きみは自分の都合のいいように、ぼくを丸めこもうってわけなんだな！」

「ニック、わたしの言うことを聞いてちょうだい！」

「ピーターはぼくのいとこだ。彼はぼくを信用してくれた。だから会うたびに、思いのたけをぼくにぶちまけたんだ。きみのことばかり――焼きもちを焼いていること、きみが会っている男のこと、どういうふうにきみが彼を裏切ってフォレスターとくっついたか」ニックはあごを引いた。「ピーターはぼくを一度も疑わなかった。ピーターにはぼくしかいなかったんだ……」ニックは苦しそうに言葉を切った。

カロラインは衝撃を受け、初めてニックを理解したような気がした。どうして彼の気持に気がつかなかったのだろう？

「それ以来ずっとつらい気持を引きずってきた」ニックの声は不明瞭だった。「ぼくはピーターを軽蔑していた。妻であるきみをしっかりつかまえておくことができなかったからだ。きみに狂わせられたんだから。そして、今度はぼくを狂わせようっていうのか！」

「ニック、わたしは何もしようとしてはいないわ。本当にそんなことを信じているのなら、わたしを避けてわたしから遠ざからなくちゃ……」

「それはできない」ニックは低い声で言った。「きみを捜しに行った時、見つけたら、きみを憎んでいることをはっきりさせようと自分に言いきかせていたんだ」

「はっきりさせたでしょう」

ニックは首を振った。「きみはしだいに消えていく映像のようなんだ。きみの顔はくるくる変わるから、どれが本当のきみなのかわからない。でも、知らなければならないんだ。今、ピーターの気持がわかるような気がするよ。彼もきっと同じような経験をしたにちがいない」ニックは大きく息を吸った。「でも、ぼくは正気を失いはしない――ぼくは違うんだよ、カロライン。本当はピーターがすべきだったことをぼくはするつもりだ――きみを閉じこめてその部屋の鍵《かぎ》を投げ捨てるのさ。これで、ようやくピーターの影が消えてなくなるだろう」声が震えていた。

「ピーターの影？」カロラインの顔は蒼白になっていた。

ニックの顔はつらそうにゆがんでいる。「きみにはつきまとわないのかい？　夜、ぐっすり眠れるっていうのか？　きみは罪の意識や自責の念に苛《さいな》まれないんだろうな。ピーターにあんなひどいことをしても、きみの心は少しも痛まないんだな？」

　徐々に大きくなってきた疑いがはっきりした。

「罪悪感を持っているのはあなたなんじゃない？」

　ニックは狼狽《ろうばい》してカロラインを見つめ返した。顔は真っ青で、青い目が黒ずんでいる。長い沈黙を破って、ニックは重々しく口を開いた。「そうだ、ぼくは罪悪感を持っている。でも、ぼくにどうしろっていうんだい？　ぼくはピーターの妻であるきみが死ぬほど欲しかった。ピーターの告白に耳を傾けるのがどんなにつらかったことか」

　彼の傷をいやす言葉があればいいのだけれど、とカロラインは思っていた。ニックの怒りはわたしに向けられているというよりも、自分自身に向かっている。他人を憎むのは、自分を憎むことに比べればずっと簡単なことだ。ニックはいとこの妻を愛した自分を軽蔑し、ピーターがノイローゼになって、ついには死んでしまったことに責任を感じている。彼は意識的にわたしを身代わり《スケープゴート》にしたのではなく、自分を憎む気持がわたしへの怒りに拍車をかけたのだろう。

　ニックは真っすぐ自分を見つめるカロラインの視線に耐えられず、部屋から出て行った。やがて、玄関のドアがたたきつけられる大きな音が響きわたった。

8

火曜の朝、フレイから電話があった。数カ月後にオーストラリアで始まる宣伝キャンペーンのアイデアに頭を悩ませていたので、受話器を取った時も、カロラインの気持は仕事のほうに残っていた。

「おはよう、フレイ」カロラインはうわの空で答えた。「どうしたの？　お母さまがどうかしたの？」

「どうもしないよ」フレイが笑いながら答えた。「カロライン、そういらいらしないで、落ち着いてくれ。遊びの話なんだ、仕事じゃない」

「すてきね」カロラインも微笑を浮かべた。

「今晩のことを思い出してもらおうと思ってね」答えがないので、フレイが続けた。「行けなくなったなんて言わないでくれよ。そんなことになったら、がっかりだ」

カロラインはドアのほうをうかがった。自分を憎んでいる男の機嫌をとるために、やましいところの少しもない絵の展覧会への誘いを断る必要があるだろうか。

「もちろん行くわ」カロラインはきっぱり言った。

「よかった。その前に食事をしようじゃないか。短時間で済ませなくちゃならないし、ここらあたりには選ぶほど店はないが、公会堂の前のパブでチキンバスケットというのはどうだい？」

「いいわ。ありがとう」カロラインは声を弾ませた。

「六時半に迎えに行くよ」フレイはヘレンとケリーの様子を簡単に尋ね、電話を切った。

カロラインはすぐに仕事に戻ることができなかった。これがニックにわかれば、またひと騒動起こることだろう。でも、彼は胸が悪くなるような言葉をわめきちらすだけ。わたしは彼の持ち物ではないし、彼にはわたしの個人生活に口をはさむ権利はない。がみがみ言いたいなら、言わせておけばいい！

　カロラインは社員食堂で昼食をとることにしている。なんといっても値段が安いし、時間が節約できるからだった。その日、昼食から戻って来ると、入れ違いにニックの車が工場から出て行った。助手席にヘイゼル・スケルトンの姿が見える。シルバーグレイの狐の毛皮のジャケットにかわいいベールのついた小さな黒の帽子が上品でとても美しい。食事に行くのかどうかわからないが、彼らは決して社員食堂へは行かないだろう――カロラインはそう思った。

　家へ帰ってそのことを話すと、ヘレンは顔をしかめた。

「社員食堂ですって？　ヘイゼル・スケルトンが？　冗談はよしてちょうだい！　彼女はぞっとするほどお高くとまった人なのよ」

「ニックはあの人が好きみたいですわ」

「そうね」ヘレンはいやそうな顔をした。「男の人が――女性の何を知っているというの？　ニックといる時の彼女を見たでしょう？　とろけたはちみつのようじゃないの」

「男好きのする感じですわね」

「彼女って……」ヘレンは含み笑いをした。「とても口にできないわ。主人が生きていたら、卒倒してしまうことでしょう！」

「どんな言葉ですの？」カロラインがとぼけて尋ねた。

「そんな無邪気な目をしないでちょうだい」ヘレンが冷やかした。「もちろん、わたしが罰当たりな言葉を口にするなんて思わないでしょう？」

「もちろんですわ」ふたりは顔を見合わせて笑った。

　カロラインがフレイと外出することを聞かされたヘレンは、少女のように頬を染めてはしゃいだ。

「何を着て行くの？　あの茶色のベルベットのドレスがいいと思うんだけど。フレイもあれが好きなんじゃないかしら。この前来た時、あのドレスのことを話題にしていたわ。珍しいことね。殿方ってめったに女の衣装を覚えていないものよ。よっぽどあれが気に入ったんだと思うわ」

　カロラインは少し警戒してヘレンを見た。ヘレンはフレイが好きだ。彼女にとってフレイは理想の男性で、自分が生きながらえているのは彼のおかげだと固く信じている。義母が妙な考えを持っていないことをカロラインは願った。フレイはたしかにすてきな人だが、友情以上のものは感じられないのだから。

「あのドレスを着るんでしょう？」ヘレンがしつこくきくので、カロラインはうなずいたが、フレイを喜ばせるためにそうするのではなかった。だいたい数カ月しか持続しない流行の服は買わないことにしているので、どれにしようか迷うほどドレスを持っていないのである。スケルデールを離れて以来、自分の稼ぎでやっていかなければならず、衝動買いなどとてもできなかった。

　ドレスに着替えながら、カロラインは義理の娘がフレイにいい印象を与えることに固執したヘレンの態度について考えを巡らした。人は、他人のためにしていると思っている時でさえ、往々にして自分の中の誘因に刺激されて行動しているものだ。ヘレンはカロラインとフレイがカップルになるのを望んでいるが、彼女自身がフレイを好きで尊敬している気持がその引き金になっているのである。

　同じことがニックにも当てはまる。ニックがカロラインを軽蔑《けいべつ》し、憎むのは、いとこの妻を愛した自分を軽蔑し、憎んでいるところに原因がある。彼はピーターに対して罪悪感を持っていて、カロラインも同じ感情を持つべきだと思っている。彼はピーターの嘘《うそ》を頭から信じこんでいて、夫を裏切ったカロラインが罪悪感を持っていないことを本能的に悟り、ひどく憤慨しているというわけだ。

人間誰しも矛盾と混乱をかかえている。カロラインはヘレンが好きだし、ヘレンはカロラインを傷つけたりはしない。彼女はあの悲惨な数年間、ひるまずに息子を見守り、一度も息子を責めなかった。そういうすばらしい女性であるヘレンも矛盾する人間で、カロラインに幸せになってほしいという正直な気持と、フレイに恩返しをしたいという正直な気持を混同しているのである。

自分の気持を突き詰めるより、他人を批評するほうがずっと簡単だ。カロラインは鏡の中の自分から目をそらした。心の中で起こっていることを知りたくはなかった。ニックと会うたびに光る危険信号を無視したかったのである。そうしないと、胸が痛み、苦しむことになるのだから。もうこれ以上苦しむのはごめんだった。これまで何年もの間、ケリーとの生活を守るために荒波の中でもがいてきたので、今欲しいのは、ささやかな平和と、緊張の連続で疲労した心と神経を休ませることのできる静けさだけなのである。

「お出かけするの、マミー？」ケリーが尋ねた。

カロラインはうなずく。

「誰とお出かけ？」

「ドクター・フォレスターよ」

ケリーは失望したようだった。「ニックおじさまじゃないのね」

母親は冷ややかに娘を見た。ここにも矛盾した人間がいる！「そうよ」

「ねえ、マミーはニックおじさまが好きでしょう？」ケリーには、自分の英雄を崇拝しない人間がいることが信じられないようだった。ニックはふたりを連れにロンドンの家にやって来た日から、ケリーにやさしく、ケリーは彼に後光がさしていると思っている。背が高くてハンサムで、夢のような車を持っているし、七歳の女の子の扱いをよく知っているニックは、ケリーを特別な気持にさせる。一方、フレイはケリーに話しかける時、ほんのわずかだが保護者のような態度が見え隠れする。フレイはどんな時でもケリーが小さな女の子であることを忘れないが、ニックはそんなことをすぐに忘れてしまうようだ。彼は女王のようにケリーに接し、ケリーはそれが大好きなのである。

器用な人。小さな女の子やヘイゼル・スケルトンのような女性には、惜しみなく魅力をふりまくけれど、わたしには少しも魅力の無駄づかいはしない。

ケリーは口をぽかんと開けて、信じられないというふうに母親を見ていた。「好きじゃないの、マミー？　ニックおじさまが嫌いなの？　あたしは大好きよ。マミーの意地悪！」ケリーは頬をふくらませ、泣きそうになりながら母親をたたいてから、走って行ってしまった。

「まあ、まあ、ずい分ご機嫌ななめね」ヘレンが笑いながら言った。

「すぐに直りますわ」カロラインは義母に本当の気持を悟られないように言ったが、ヘレンの関心はすでに他に向けられていた。フレイがやって来たのである。

「ずい分スマートじゃないの。さっそうとしてるわ。ねえ、カロライン？」

フレイは悲しそうな顔をした。「答えないでくれ、カロライン」

「またゴーガンの服を着てきたのね」カロラインが冷やかすとヘレンが目を丸くした。

「何？　なんですって？」

「気にしないでください」フレイが苦笑した。「単にぼくをからかっているだけなんですから」

ヘレンはそういうふたりを見てにっこりした。ふたりだけにわかる秘め事や冗談を持っているということは、ふたりの仲が親しいことの証明である。ヘレンは目を輝かしてふたりを見送ってくれた。

カロラインはため息をついた。フレイが、見え見えのヘレンの考えに気がつかないでいてくれるといいのだけれど。せっかくの夜がぎこちなくならないようにと願いながら。

フレイは異常なほど神経質になっていて、早口でしゃべり続けた。ヘレンの包み隠さぬはしゃぎぶりに困っているのだろうか？ それとも、わたしが思っている以上にわたしに興味をいだいているのだろうか？ カロラインは気になってしようがなかった。彼を傷つけたくはないが、彼にはどうしても友情以上の気持を持つことはできない。

ふたりは本通りの大きなパブでフライドチキンとサラダを食べたが、フレイは相変わらず、パートナーの話、スケルデールのこと、共通の友人についてしゃべり続けた。

「どうして絵を描くようになったの？」ちょっとハスキーなフレイの声が息をついたチャンスに、カロラインは口を開いた。

フレイは顔をしかめた。「神のみぞ知る。今は、ブラシに触らなければよかったと思っているよ」

カロラインは思わず笑い出しそうになった。そう、フレイの頭を悩ませていたのは、これだったのだ！ カロラインはヘレンがふたりをカップルにしたがっていることにばかり神経を使っていたので、フレイをすっかり誤解していたのだった。フレイはフレイ自身のことを考えていた。それが人間というものだ。誰もが自分のことを考えている。カロラインは以前よりフレイが好きになった。彼だって普通の人間。聖人じゃない。彼は献身的で根気強い医者だが、同時に普通の人間であり、今は、自分の作品が展示されることで不安になっているだけなのである。

「どういう絵なのか、まだ聞かせてもらってないわ」カロラインが言った。

「水彩画さ」

「風景画？」

フレイは白ワインのグラスをもてあそびながらうなずいた。

「このあたりの風景？」

欲深い人間から金を恵んでもらうことができないように、フレイから絵の話を引き出すのは不可能だった。実際は絵のことで頭がいっぱいなのにもかかわらず……。フレイはしきりに時間を気にして、口を少し引きつらせて、ちらちらと腕時計に目を落とした。

がらんとしたホールが展覧会の会場で、人々は口を結んでうやうやしく絵から絵へと、歩くたびにきしむ床板の上を、爪先立ちで歩いた。

カロラインとフレイも、シェリーのグラスを片手に、そういう人たちに混じって会場をまわった。フレイは笑みを浮かべているが、どこかぎこちなかった。ヨークシャーの風景をけばけばしく描いた油絵が続き、カロラインはまだ不安そうにそわそわしているフレイが理解できなかった。これよりひどいはずはないのに。

油絵に比べて水彩画の数は少なく、水彩画がかかっているところを見つけると、カロラインはパンフレット——田舎の学校の印刷機械を使ったガリ版刷り——をのぞきこみ、それがフレイの出品作のひとつであることを知った。

フレイが咳払いをした。耳たぶまで赤くなっている。カロラインはその絵——嵐のスケルデールに見入った。緑と灰色が繊細に溶け合い、細部まで丁寧に描かれている。

「フレイ、すばらしいわ」フレイに向き直って、カロラインは心から言った。「本当よ。今まで見た中で一番いいわ。あなただってわかっていると思うけど。感動したわ」

フレイの顔は明るくなったが、ほんの少しの間だけで、彼はしかめっ面をして絵を見つめていた。

「空の感じが違うんだ。空だけに何日もかけたんだけど、思うようにいかなかった。見るたびに指がむずむずするよ。描き直したくて。いらいらする。頭の中では完成しているのに、現実にはまったく違うものが現れるんだから」

「そうなんでしょうね」カロラインは、フレイが感情を露《あらわ》にしていらだっている様子に驚いていた。

さらに二点の出品作があり、二枚とも最初の絵よりできは良くなかったが、フレイはあくまでも最初の絵にこだわっていた。

「これがあなたのお気に入りなの？」怖い顔をして最初の絵をにらんでいるフレイに、カロラインはほほ笑みかけた。

「見ていられやしない」フレイはさっさと歩き出し、カロラインはおもしろがってついて行った。

フレイと同じように展覧会に出品している画家たちと共に、ふたりは二時間ばかり語り合った。皆シエリーのお代わりをしたが、どっちにしろ今のフレイにアルコールは必要なかった。いつもの冷静さはすっかり溶けてなくなり、彼は緊張し、興奮し、議論し続けた。カロラインはそんなフレイを興味深く見守った。フレイの静かなものごしの裏に、こんなに多彩な感情が潜んでいるなんて、誰が知っているだろう？　赤いベルベットのディナージャケット、絵、神経質な興奮は患者たちの知らないフレイの側面だが、どの人間も、一次元的で予測できる人であるはずがないのは当然だろう。

帰りの車の中で、フレイは声をひそめてつぶやいた。「退屈じゃなければよかったんだけど」

「ちっとも退屈なんかじゃなかったわ。とても楽しかったわ」

「本当かい？」フレイはうれしそうに笑った。「ところで、きみは趣味を持とうと思ったことはないのかい？」

「どこにそんな時間があるっていうの？」カロラインは目を丸くした。フレイはにっこりしたが、顔はまじめだった。

「そう、たやすいことじゃないが、趣味を持つっていうのは大事なことなんだよ。人生の新しい面が開けるんだ。ひとつだけ後悔していることがある——始めたのが遅かったことさ。もっと早くからやっていればよかったと思っているんだよ」

カロラインは、興奮してほてっているフレイの顔を見つめた。「学生の頃に始めていれば、画家になっていた？」

灰色の目にためらいが浮かんだ。「わからない」フレイはやっとこう言った。「でも、そうはしなかった。ぼくは医学を愛している。人を相手にする仕事が好きなんだ。こんなことを言うと、時代遅れだって言われそうだけど、ぼくは人間が好きだし、人を助けたいんだよ」フレイは肩をすくめて、自嘲《じちょう》気味に顔をしかめた。「理想主義者とも言われそうだ。他人を助けたいなんて言うと、それは自分をごまかしているんだ、本当に助けたいのは自分自身なんだと言う人が必ずいる。そういう人が——たぶん正しいのだろうが、ぼくは自己分析するのが苦手で、単純な頭の持ち主なんだ。病人の世話をしている時が一番幸せなんだよ。患者はぼくを必要としているし、たとえぼくが彼らの面倒を見ることで何かを得るとしても、そんなことはぼくにとって重要なことじゃない。たしかに心理学には好奇心をそそられるけれど、大事なことは、病人が医者を必要としていることで、医者が何を得るかなどということは病人には関心がないんだ。医者は人の命を救うことで快い興奮を感じるのさ。まるで、自分がアルバート・シュバイツァーになったみたいにね」フレイは息を使い果たして言葉を切った。

カロラインはにっこりほほ笑んだ。「何も付け加えることはないわ」

「ありがとう。そう言ってくれてうれしいよ」ふたりは声を揃えて笑った。「無理やりぼくの街頭演説を聞かせてしまってごめんよ」

「謝ることはないわ。当たり前のことをおっしゃっていただけなんですもの」

「時代遅れのね」車は私道へ折れ、家の前で止まった。フレイは灰色の目をやさしくして横を向いた。

「きみって本当に聞き上手なんだね」

カロラインは笑い出した。「どうしてそうなるのかしら？」

「きみが全身の注意を向けてくれるのがしゃべっている人間によくわかるから話しやすいんだよ。ありがとう。付き合ってくれて。どんなに楽しかったか、言葉では言えないぐらいだ」

「わたしもよ。それに、あなたのお気に入りのあの絵にとても感動したわ。空が思いどおりにいかなかったとしても」

「きみが好きだよ、カロライン・ストール」フレイは笑いながら言った。「いつでも好きな時にぼくの絵を批評してくれたまえ！」

家は暗く静まり返っていた。

カロラインは顔を固くして二階へあがった。鏡の中に自分の緑の目がぎらぎら光っている。カロラインはそんな姿から目をそらした。

翌朝、カロラインが机に向かって仕事に励んでいるところへ、怒りを全開にしたニックがやって来た。

「行ったんだな」

「なんのお話かしら？」

「よくわかっているはずだ」ニックは机の前までやって来てかがみこんだ。「無傷で逃げおおせるなどと思うなよ。そうはさせない。ちゃんと警告したはずだ。ぼくは嘘は言わない！」一気にこう言うと、ニックは部屋を出て行った。

その日、カロラインはびくびくしどおしだった。彼に何ができるっていうの？ あんなの、ただの脅し文句よ。と思ってみても、あの恐ろしい青い目を思い出すと不安になるのだった。

翌日、会社が、緊急に電気製品を必要としているアラブの国と大きな契約を結んだという話が耳に入った。会社中に活気がみなぎり、ニックは猛烈な勢いで働き始めた。それから夜遅くまでになる日が続き、会社にいる時も他のことを考える暇はいっさいなさそうだった。

冬が深まっていき、風は身を切るように冷たく、空はどんよりと重い灰色になった。ヘレンはニックの身を気づかい、仕事を減らすように言ってくれ、とカロラインに頼んだ。「会社であの子に会うことがあったら、どんなにばかげたことをしているか、わからせてやってちょうだい。あまりにも働きすぎよ」

カロラインも同意見だった。ニックは一日中工場の中を精力的に歩きまわり、製造過程をいちいちチェックした。彼は従業員全員に慕われ、尊敬され、信頼されている。スケルデール中の賞賛を得るのはたやすいことではない。一般庶民は頑固で抜け目がなく、本当にその人が有能であるとわかるまで信用しようとはしないのだから。スケルデールの住民に自分を印象づけるために、ニックの性格は必然的に強くならざるを得なかったのだろう。

ヘイゼル・スケルトンもご多分にもれずニックに惹《ひ》かれているらしい。巷《ちまた》では、彼女がニックと結婚するかどうかという賭《かけ》が行われていた。大ざっぱに言うと、男は彼女に好意的で、女は違った。

「そう、彼女は極上の小鳥といったところだね。嫌いなタイプじゃないな」ひとりのエンジニアは顔をくしゃくしゃにしてこう言った。

女の見方は違う。「あんな女とデートするなんて、彼は今、頭がどうかしちゃってるのよ。あの人がどんな女なのか、ひと目見ればすぐにわかるし、彼はあんなにすてきな人なんだから」昼休み、隣のテーブルに腰をおろしたふたりのタイピストは、しきりにふたりのことを話題にしていた。

カロラインは最初、聞くまいとしていたが、いつの間にか、ひとことも聞きもらすまいとしている自分に気がついた。

ここのところ心がとげとげしくなっている。でも、それは仕事が忙しいせい。それだけのこと。ニック・ホルトのせいではない。カロラインは自分に言いきかせた。彼はわたしを憎んでいるのだから、彼がどうなろうと知っちゃいないわ。ヘイゼル・スケルトンと結婚するなら、してしまえばいい。いい気味だわ。彼女と結婚するのは、正常な男にとって、死よりも不運なことだろうから。あまりにもうれしくて、ふたりを祝福する紙吹雪をまけなくなるかもしれない。石を投げたくなる誘惑とも闘わなくてはならないだろう。

その夜、ヘレンは頭痛を訴え、ケリーが寝たあとすぐに自分の部屋へ引き下がったので、カロラインはひとりで夕食をとった。食後、暖炉で暖まった居間でくつろごうとしたが、気持がもやもやして、とてもじっと座っていることはできなかった。

毛皮の縁取りのあるアノラックを着て、ウェリントンブーツをはき、カロラインは外へ出た。冬の夜は身も凍るほどで、風がひゅーひゅーと音をたてながら荒地を吹き抜け、裸の木々は激しく揺れて、不気味な音をたてている。風に流れる雲間から時々月が顔をのぞかせ、起伏ある丘を青白く映し出した。地面はやわらかく、沼になっていたり、ヒースの木があったりするので、ゆっくり慎重に進んでいかなければならなかった。

何も考えまい、考えてはいけない。気をゆるめたとたん、ニックが無言劇の悪魔のように、心の中へ入ってくる。今はどうしても彼につかまってはならない。

足を止めて、カロラインは家を振り返った。家は黒くどっしりしていて、明かりのついているひとつの窓だけが生の証《あかし》だった。

あまり遠くまで行ってはいけない。特に夜は道に迷いやすいから。そう思った時、沈黙の中に車のエンジンが鳴り響いた。黄色い光が荒地を横切って家のほうへ消えていく。

ニックだ！　カロラインは家に背中を向け、暗闇《くらやみ》の中へ足を早めた。

カロラインは月から目を離さないように注意し、つまずきながら進んだ。雲は風になびいていて、銀色の光が荒地を露《あらわ》にしたかと思うと、すぐにあたりは闇に包まれた。

ニックはわたしの正体がわからないと言ったけれど、彼のほうこそ、いったいどんな人間なのだろう？　いまだにピーターの嘘を疑ってもみないなんて。

誰も頭の中に自分自身の像を持っている。それは、育ってきた年月に形成されたもので、まわりの人々の目にこう映ってほしいというイメージである。カロラインは自分をこう思っている。音楽、料理、散歩が好きで、本能的には安全を望んでいて、幸せな家庭を持ちたい、ケリーにも与えてやりたいと思っている人間であると。そのために野心が必要だったが、彼女自身に野心はほとんどない。彼女の欲しがっているものはすべて女性が直観的に望むもので、幸福がその根本にある。時々カロラインは、自分の本当の望みが大人になってからことごとく拒否されてきたのではないかと思う。人生って、どうしてこんなに複雑で理不尽で、不公平なのだろう？

たとえば、どうしてフレイと恋愛できないのだろう？　彼は気持の良い人で、知性も備えているし、忙しい仕事と絵に対する情熱を持ち、申し分のない夫になるのに。

フレイは相手がどんな女性でも、安全な家庭生活を提供するだろう。彼は決して妻を疑ったり攻撃したり、理由もなく軽蔑したりすることはない。

どうしてニック・ホルトに恋してしまったのだろう？

カロラインは思わず足を止めた。違う、彼に恋などしてはいない。愛してなんかいない。ついつい彼のことを考えてしまうのは事実だけれど、彼に恋してなんかいない。

きっと頭がおかしくなってしまったんだわ。病院で診てもらわなくちゃ。

風が、まるで激怒した人のような声をあげて吹きつけるので、カロラインは震えながら顔を覆った。

たった今頭の中に湧《わ》きあがった心の告白から逃げ出したい、と思ったが、カロラインには奇妙なある種の勇気があった。それがあるために、あんなに暴力的だった夫に耐えることができ、ケリーのために彼のもとを去る決心ができたのだ。ケリーをかかえてなんとか生き延びてきたのも、その勇気のおかげだった。本当はいつもそういう状況から逃げ出したいのだが、いつもいやいやながら物事に立ち向かうはめになるのだった。

そしてロンドンで暮らした三年間、カロラインはニックを忘れたことがなかったし、彼が突然現れた夜、怖かったにもかかわらず衝撃を感じたのは事実だった。

長い間、自分の心を偽り続けることはできない。カロラインは肩をいからして握りこぶしを作った。遅かれ早かれ真実は混乱した心の中から出てきて、襲いかかってくるに決まっている。

カロラインは風に向かって顔をあげ、道が間違っていないことを願いながら歩き出した。明かりのついている窓はもう見えない。月はまた雲の後ろへ隠れてしまった。家はどっちの方角だろうか？

寒くて凍えてしまいそう。アノラックだけでは冷たい風を防ぎきれず、カロラインはたまらなくなって走り始めた。

突然足がもつれ、カロラインは叫びながらころんだ。あっという間のできごとだったので、何がなんだかわからないうちにカロラインは傾斜のきつい崖からころがり落ちていた。

9

人の声が聞こえる。すすり泣きながら早口であえぐ声。「不公平よ、不公平だわ！」

カロラインの眉がぴくっと動いた。いったい誰……？まるで何年も眠っていたかのように、長い時間かかって意識を取り戻したカロラインは、震えながらもぞもぞからだを動かした。痛い！

どうしてこんなことになっているの？いったいどうして倒れているの？カロラインは顔を横に向けて暗闇《くらやみ》をのぞきこんだ。

寒くてからだが思うように動かないし、あちこち怪我《けが》をしているようだ。今の声は誰の声なのだろう？

記憶がよみがえってきて、冷たくなったくちびるから押し殺されたうめきがもれた。つまずいてころんで、崖の上から落ちたのだ。痛みが全身に走る。こんなに痛いのなら、意識を失ったままのほうがよかった。

　起きあがらなくちゃ。恐る恐る息を吸って立ちあがろうとしたが、あまりの痛さに、カロラインは弱々しくすすり泣きながら顔を伏せた。

　足首の骨を折ったようだ。しばらくして涙がおさまってから、カロラインは震える手でからだを触ってみた。肋骨《ろっこつ》にもひびが入っているのか、呼吸をするたびに胸がかきむしられるように痛い。顔にも血がべったりついているようだ。鼻は折れてはいないようだがずきずきする。両手にはすり傷がいっぱいだった。

　しかし、なんとかしてこの崖を登らなければならない。朝までここに横たわっていれば、こんなに寒いのだから、死体になってしまうだろう。歩けないが、少しずつ這《は》って行くことにしよう。

　ごつごつした地面を手探りし、カロラインは折れた足を引きずって崖を登り始めた。

　どのくらい時間がかかったのかはわからないが、慎重に息をして休みながら、痛みをこらえて、カロラインは崖を登った。

　最後の気力を振り絞って崖を登り切ったカロラインは、平らな地面にくずおれて、震えながら泣いた。

　しばらくの間、再び歩き出す元気は湧《わ》いてこなかったが、やがて、投げ出していた手の甲に雨粒が落ちてきた。首をひねって空を見あげると、さらに数滴の雨が顔を濡《ぬ》らした。

　これこそわたしの必要なもの。雨。ずぶ濡れになって、肺炎になってしまえばいい。

　しかし、とにかく家に帰らなければならない。そうしないと、朝誰かに発見された時、板のように固い死体になるしかないのだから。

　カロラインは再び這い始めた。雨は激しくなって地面に吸いこまれていき、カロラインをびしょ濡れにした。泥だらけになって前へ進もうとしても、地面はすべりやすくなっていて、少しも進まなかった。

　それに、果たしてこのまま這い続ければ家へ着けるのかどうか確信はなかった。暗闇の中、カロラインは四つん這いになって、目をこらした。

　そのうちにカロラインはまた意識を失ったらしい。しばらくして目を開けた時、誰かが上にかがみこんでいた。懐中電燈がまぶしい。頭の中で、また小さな声がした。「どうして？　どうして？」

「大丈夫だよ、カロライン、泣かないでくれ。頼むからそんなに泣かないでくれ」

　カロラインは光の中でまばたきした。「ニック？」

「やっとつかまえた。もう大丈夫だよ」声は深くしわがれていて、懐中電燈の向こうにある顔は見えなかった。

「きっと肺炎にかかるのよ」カロラインは白い歯をがちがちいわせながら痛々しく笑った。「ついてるじゃない？」

「しゃべるのはやめろ」ニックが不機嫌に言った。

「ごめんなさい」

「謝るのもやめろ！」

「ごめんなさい」自分では謝ったことを忘れていた。ニックの手がからだに触れ、カロラインは弱々しくその手を払いのけようとした。

「やめて！」

「怪我の具合を見なくちゃならないだろう？」

「どこもかしこもよ」

　ニックはいらだちを抑えて尋ねた。「どういうふうに痛む？」

「ずきずきするわ」ニックがいやがるだろうから、病気になってはいけない。カロラインは光の中をのぞきこんだ。ニックの顔がぐるぐるまわっている。

「おかしな顔」

ニックはうめいた。

「あまりいかさないわ」カロラインは子供っぽく言って眉をひそめた。いや、そうじゃない。頭ががんがんして、カロラインは目を閉じた。今、ニックのことを考えることはできない。

ニックはカロラインを抱きかかえて荒地を歩き始めたようだ。カロラインはまるで揺りかごの中にいるような気持だった。痛みで気も狂わんばかりでなければ——天国にいるようだっただろう。揺れるたび、呼吸をするたびに痛みが全身を走り抜ける。カロラインは失神しては、またうめき声をあげながら記憶を取り戻した。

「カロライン、静かにするんだ」

「ごめんなさい」カロラインは、「ごめんなさいって言うつもりじゃなかったのよ」と言って笑ったが、すぐに快い忘却へと落ちていった。そして次に意識を回復した時も、やはり吹きさらしの荒地を歩くニックの腕の中にいた。

やっと家に着くと、ニックは居間のソファにカロラインを寝かせた。灰をかけられてくすぶっている暖炉の火が、小さく不機嫌な赤い目のように見える。明かりがつき、襲いかかってくる明るさを締め出すために、カロラインはまぶたを閉じた。

ダイヤルをまわす音、続いてニックの早口でざらざらした声が聞こえてきた。からだが苦痛に支配され、頭から足先までがたがた震える。「寒い、寒いわ」カロラインは悲しそうにつぶやいた。

ニックはやさしく何枚も何枚も毛布を重ねてカロラインを包んだ。

がちがち鳴る歯の間から小さな声がもれた。「ごめんなさい、ごめんなさい」

「またか、頼むよ！」ニックは不快そうに言葉を吐き出し、カロラインの頬に涙がつたった。極度の興奮状態のため、半分は自分自身なのだが半分は自分でなくなっていて、支離滅裂な言葉が口から飛び出すのを止めることができなかった。

やさしい手が涙をぬぐい、濡れてくしゃくしゃになった髪を払ってくれる。震えは多少おさまったが、苦痛のあまりじっとしていることができなかった。

「ニック……」とうめくように言うと、「なんだい、カロライン」というささやきが耳もとで聞こえた。声はある種の感情でしわがれているが、それが怒りのためなのか苦痛のためなのかカロラインにはわからなかった。

目を開けた時、白衣を着た男が何人か見えた。きっと病院に連れて行かれるんだろう。

「さあ、力を抜いて」その中のひとりが言い、視野の中へ入ってきて消えていった。

「毛布をたたんでくれ」別の男が言った。「ぼくたちはアノラックを脱がせなくちゃならないから」

ゆっくりからだが起こされ、カロラインは思わず叫び声をあげた。

「もっと慎重にできないのか？」

「ニック」彼はまだ怒っている。カロラインはニックの顔が見たくてやっとの思いで目を開けたが、そこには心配そうなフレイの顔があった。

「あっ、フレイ？」カロラインは明るく言おうとした。「いついらしたの？」

フレイは微笑を浮かべた。「気分はどうだい、カロライン？」

「ひどいものよ」カロラインが動かす口を灰色の目が心配そうに見守った。

「痛くないからね」フレイの手には注射器が握られていた。

「本当？」カロラインは注射が大嫌いだった。

「すぐに終わるし、絶対に痛くないよ」

「いとしのフレイ」カロラインはため息をついて目を閉じた。苦痛がからだから離れていき、骨折の激しい痛みがすっかりなくなった頃、カロラインは救急車に運びこまれた。

次に目を覚ました時、カロラインは静かな病室の白いベッドの中にいた。灰色の日の光が空中に漂うほこりを浮かびあがらせている。

からだを動かしてみると、やはり痛かったが、前ほどひどくはなかった。

「あら、気がついたの？」看護師は職業的な笑みを浮かべながら、近づいて来た。

「どうもそのようね」カロラインはささやいた。細長い病室の他の病人たちはまだ眠っているようなので、小声で言わなければならないと感じたのだった。

「どこ……」と開きかけたカロラインの口の中へ看護師は容赦なく体温計を押しこみ、脈を測り始めた。

口から体温計が出ていくと、カロラインは再び試みた。「どこが悪いのかしら？」

看護師はまた職業的な顔を作った。「覚えていらっしゃらないんですか？」

「荒地で崖から落ちたのは覚えているわ」カロラインはあいまいにほほ笑んだ。「つまり……怪我はどのぐらいひどいのかしら？」

「足首を骨折して、肋骨二本にひびが入っています。あちこちに傷ができていますけれど、概してずい分良くなられましたわ」

「ひと晩中眠っていたのかしら？」

看護師は緑の目を見つめ返した。「もう二日間ここにいらっしゃるんですよ。昨日のことを覚えていらっしゃらないんですか？　わたしにお気づきのようでしたのに」

「本当？　覚えてないわ」

「鎮静剤が効いていたのでしょう」

「まあ」カロラインは目を閉じた。

糊《のり》のきいたエプロンがばりばりと音をたてたので、カロラインは目を開けた。「お茶を一杯いただくわけにはいかないかしら？」

看護師はにっこりしてうなずいた。「もちろん結構ですわ。お砂糖をいれますか？」

「ええ、お願いするわ」

カロラインは横になって耳をそばだてた。患者たちのたてるかすかないびき、重々しく時を刻む柱時計。手押し車が廊下を進む音が突然聞こえてきたかと思うと、それがパディントン駅に到着した急行列車のような音をたてて病室に入ってきた。明かりがつけられ、患者たちはそれぞれうめいたり文句を言いながら毛布を頭の上まで引っぱった。

大きな柱時計に目の焦点を合わせたカロラインは驚いた。まだ六時なのに。

午後やって来たフレイにカロラインは訴えた。

「ここではどういう日課になっているの？　今朝、六時に起こされちゃったわ」

「それは気の毒に」フレイはおもしろがっているようだった。

「本当なのよ。病院側の都合で患者を管理しているのね。患者のためを考えているんじゃなくて」

「日課には従わなくちゃ」フレイは病院の肩を持った。「夜勤の人にはしなければならないことがたくさんあって大変なんだよ。だから、時間割りをしっかり守らなくちゃならないのさ」

カロラインはフレイの手をとって、恥ずかしそうに目をあげた。「真夜中にわざわざ来てくださってありがとう。ひどいご迷惑をかけてしまったわね」

「そうだな。もういい大人なんだから」フレイはやさしく叱《しか》った。「いったいどうして夜のあんな時刻に荒地に出かけたりしたんだい？」

「ほとんど覚えていないの。きっと頭がおかしくなっていたんだと思うわ」

「うん、自分でもそう言っていたよ。あんなことをするのはばかな子供だけだ」

「ごめんなさい。ねえ、フレイ、ケリーがここへ来るのを病院は許してくれるかしら？」

「からだがすっかり良くなったらね」

「もう治ったわ」

「それはきみが決めることじゃない。ゆっくり休んでしっかりからだを治すんだ……。これは命令だ。そうすれば、病院だってケリーが来るのを許してくれるさ」

その夜ヘレンがやって来たが、どこかそわそわしていて、カロラインと目を合わせるのを避けていた。

「気分はどう？　皆さんよくしてくださる？」

「ええ、とても献身的ですわ」カロラインは義母を見つめた。「お母さまはいかがですか？　こんなに心配をおかけして、申し訳なく思っています」

ヘレンはため息をついた。「ショックだったわ。人の声や騒々しく動きまわる音が聞こえて目が覚めたの。下へおりてみると、外には救急車が止まっているし、半分死んだようになったあなたが担架で運び出されて行くんですもの」

「もうちょっと前のわたしをごらんになるべきでしたわ」冗談のつもりだったが、ヘレンは少しもおもしろがらなかった。

「ああ、カロライン！」涙が溢《あふ》れそうになっていて、ヘレンは涙をぬぐいながら目をそらした。

「お母さま、ごめんなさい……。泣かないでください。もう大丈夫なんです。すぐにでも退院できますわ」

「だめよ、しばらくここにいなくちゃ」ヘレンが叱った。「そんな姿になっているんだから」

「まあ、そんなにひどいのでしょうか？」そういえば、鏡を貸してくれと頼んだ時、看護師はあいまいな言い訳をして貸してくれなかった。見かけがかなりひどいのだろう。顔にはすり傷や打ち身のあとがいっぱい残っているだろうし、病院から支給された寝巻の下は包帯でぐるぐる巻きになっている。鎮静剤を打ってもらっても、呼吸をすると肋骨が痛むし、足首はいつも痛い。

ヘレンは、ケリーは元気にしていると言ってカロラインを安心させようとしたが、やはり心配しないわけにはいかなかった。

「本当に大丈夫でしょうか？　心配事があると、夜中に歩き出したりしませんか？」

「大丈夫よ。わたしが見られない時は、ベントール夫人かニックが見ていてくれるから」

「ニックはどうしていますか？」カロラインはこう言いながら目をそらした。

「相変わらず忙しいみたい」ヘレンはそっけなく答えて、すぐに話題を変えた。カロラインは義母の妙な態度の裏にあるものを想像しないわけにはいかなかった。彼の激怒はまだおさまっていないのだろうか？

ベルが鳴り、ヘレンはゆっくり立ちあがった。

「明日また来るわね」

「いいんですのよ」カロラインは首を振った。「毎日わざわざ町までいらっしゃるのは大変ですもの」

「ニックが車で送ってくれるのよ」ヘレンは顔を赤くして口ごもり、慌てて「何か持ってくるものはないかしら？」と尋ねた。

「ありませんわ。ありがとうございました」

ヘレンは傷だらけの頬にキスをして帰って行き、カロラインはその後ろ姿を黙って見送った。ニックはそこまで来ているのに、わたしに会いに来ようとはしなかった。目の奥がうずき、カロラインは目を閉じた。

「痛みますか、ストールさん？　お薬をあげましょうね」看護師がやって来た。

「ありがとう」でも、この痛みは薬では治らない。これに効く鎮静剤はこの世にはないのだから。

二日後ようやくケリーに会うのを許されたが、短時間だけと念を押され、遠くのほうで看護師が油断なく目を光らせていた。病人のからだを心配してなのか、病院の秩序を守るためなのか、カロラインにはわからなかった。

「いつになったらお家に帰って来るの、マミー？　あたし、算数で金の星をふたつもらったのよ。マミーはお鼻に傷をもらったのね。包帯を見てもいいかな？　お食事はベッドまで運んでくださるの？」ケリーはいつものようにとりとめなくしゃべり続け、好奇心でいっぱいの目があちこちに飛んだ。

カロラインは娘が精神的に動揺しているかどうかを知ろうとして、小さな顔を注意深く観察していた。ケリーはまだ傷つきやすい少女で、小さすぎる時にあまりにも多くのショックを受けたので、慎重に彼女を守ってやらなければならない。

「漫画映画を観に行ったのよ」ケリーが言った。「ヘイゼルおばさまに連れて行ってもらったの。ラズベリー・アイスクリームを食べたし、コークを二本も飲んだのよ。真っ暗だったけど、ちっとも怖くなんかなかったわ」

カロラインは喉をごくりと鳴らした。「ヘイゼルおばさま？」

「おばさまって呼んでくれっておっしゃるのよ」

「まあ、そうなの」声に少しだけ棘《とげ》があった。「いつ行ったの、ケリー？」

「きのう、学校が終わってから。お茶を飲んでニックおじさまが帰って来るのを待っていて、それからみんなで出かけたの」

「みんなって？」

「ニックおじさまとあたしとヘイゼルおばさまよ。ニックおじさまの車で行ったの。帰ってから、おじさまはまたおばさまとお出かけしたわ。夜中に目が覚めた時、おじさまがいらしたんだけど、まだ服をちゃんと着ていらしたのよ、マミー」

カロラインはくちびるをかんだ。「たぶんお家に着いたばかりだったのよ。でも、目が覚めたってどういうこと？　いやな夢でも見たの？」

「違うわ」ケリーは首をひねって、何かを思い出そうとしていた。「コークのせいだっておじさまがおっしゃってたけど」

「まあ、そうだったの」

「いまいましいコークめ、こんちくしょう、ですって」

「そんな言葉を使ってはいけません！」

「でも、おじさまはいつもおっしゃってるわ」

「おじさまは男なのよ」

「ヘイゼルおばさまっておばかさんなのよ」ケリーは叱られるのを承知で言った。

「どうして？」いつも娘に大人を批評してはいけないと言いきかせていたが、今はケリーの話が聞きたくてたまらなかった。

「映画の中で森から魔女が出て来た時、悲鳴をあげておじさまにしがみつくんですもの。あたしはそんなことしなかったわ。おばさまって本当におばかさんね！」

小さなブルーの車でケリーを連れて来たベントール夫人がケリーを迎えにやって来た。

ケリーがすねて、「まだ帰りたくないよ」と言いながらベッドにしがみついたので、カロラインは頬にキスをした。

「またすぐ来られるわ」と安心させ、ヘレンが置いていったりんごを娘に与えた。ケリーはりんごをしっかり握って、家政婦の手に引かれて帰った。一緒に帰りたい。夜中に娘が目を覚ましたなどという話を耳にすると、いても立ってもいられなくなる。今度そうなった時に、あの子を安心させてくれるという保証はないのだから。

だいたい、魔女が出て来るような怖い映画に小さな女の子を連れて行くなんて、どういうつもりなのだろう。それに、ヘイゼル・スケルトンも連れて行くなんて。あの人はどういうつもりで自分を〝おばさま〟などと呼ばせるのだろう？

「いつ頃退院できるでしょうか？」ほっそり顔のシスターを従えて回診にやって来た医者に、カロラインは尋ねてみた。

「わたしが、そうしてもいいと言う時だ」

カロラインは不安気に医者を見あげた。「それはいつなのでしょう？」

「きみが退院してもいいとわたしが思った時だな」

医者はにやりとして満足そうにうなずき、シスターと共に去って行った。

その点ではフレイも役にたたなかった。「どうしてそんなに急ぐんだい？ ここが嫌いかい？ 心地良いベッドに良い食べ物……」

「良い食べ物ですって？ 冗談ばかり！」

「どこがいけないんだい？」

「そうね、上手な料理人が治せない病気はないわね」

「休暇を取っていると考えることはできないのかい？」

「他にどう思えっていうの？」カロラインは辛らつに言い返した。

やっと帰宅を許された時も救急車に乗せられ、病院から追って通知があるまで、厳格な制約を受けてベッドに横になっていなければならなかった。肋骨の具合はまだかなり悪く、足首のギプスもしばらく取れそうもない。

もの珍しいせいか、ケリーは毎日学校から帰って来ると真っすぐ母のベッドに飛んで来て、次から次へその日のできごとを報告した。ヘレンは横の椅子で針仕事をしながらふたりの話に耳を傾ける。ケリーはなかなか新しい学校に馴《な》じまなかったようだが、友だちができるにつれてシャーロンやオールドハム先生のことを忘れるようになり、少人数のクラスに通うのを楽しみにするようになった。この辺では、理科の自然研究に荒地へ出て、ヒースの花を摘んだり、うさぎや野鳥を観察することもあるらしい。

「疲れたんじゃない？」ヘレンが立ちあがった。

「ケリー、お茶の時間よ」

口をとがらせてだだをこねるケリーをヘレンが連れて行くと、カロラインは目を閉じた。健康な七歳の子供の相手をするには相当のエネルギーが必要だ。

現実と夢の境を漂っていると、ドアが開く気配がした。カロラインはだるそうに目を開ける。ニックが廊下の壁にもたれていた。黒い髪は雨に濡れ、顔は緊張し、攻撃的になっている。カロラインは息をのんだ。

「起きてるかい？」いつものように、ニックはぶっきらぼうに言った。

カロラインが起きあがろうとしてもがくのを見ていたニックは大股で部屋の中へ入って来た。「やってあげるよ」

かがみこんだニックには雨と風の香りがした。腕が背中にまわる。ざらざらの頬がすぐそばにある。カロラインは震えを止めることができなかった。

ニックはそんな無意識の反応を敏感に察知し、頭を起こしてカロラインの目をのぞきこんだ。ふたりはじっと見つめ合い、彼女の神経組織は火炎報知機のように鳴り出した。

「なぜ話してくれなかった？」ニックは低い声だった。あまりにも感情の高ぶっていたカロラインには彼が言っていることの意味をつかむことができなかった。

「何？」カロラインの顔には表情がなかった。

「ピーターのことさ」ニックの声には鋭い怒りが感じられ、カロラインは長い息を吐き出した。「どうしてピーターがアルコール中毒だったということをぼくに隠していたんだ？」

　カロラインの白い顔がますます白くなった。「どうしてわかったの？　お母さまに聞いたの？」

「ヘレンは、髪の毛が逆立つようなことを教えてくれたよ。なぜ黙っていた？」背中にまわっている手に力が入り、カロラインの顔はゆがんだ。

「痛いわ！」

「ごめん」ニックは枕を積みあげてカロラインをもたせかけ、ベッドの端に腰をおろした。「ぼくに誤解させたままにしておくことができたなんて……」

　カロラインの頬に色が戻った。「お母さまはどうしてお話しになったのかしら？」

「ぼくが無理やりきき出したんだ」

「そんなことをしちゃいけなかったのに……」カロラインは眉を寄せた。「かわいそうなお母さま。あんなに痛ましい思い出をほじくり出されるなんて」

「知らなければならなかったんだ」ニックの声はしわがれていた。青い目は黒っぽくなっている。「荒地で倒れているきみを見つけた夜、きみはうわ言を言い続けた。それはめちゃくちゃだったから、何を言っているのかまるでわからなかったよ。夜が明ける頃、ぼくの頭は混乱していた。なんとしてでもすっきりさせたいと思ったんだ。その時、正気を保つことができたのが不思議なぐらいだ」

　ニックが顔をそむけ、カロラインは彼の横顔をじっと見守った。「ショックだったでしょうね」

「ショックだって！」ニックの口が引きつった。

「誰かひとりでもぼくに真実を話してくれたってよさそうなものじゃないか。ヘレンが秘密にしておきたがるのはわかるけど、ぼくはそんなに信用がないのかい？　ぼくがスケルデール中にふれて歩くとでも思ったのだろうか？　こんなに長い付き合いなのに、どうして隠しておけるのだろう？」

「恥だと思っていたのよ」

「たしかにピーターがああなったのは彼女に責任があるかもしれない。ぼくはピーターをよく理解しているつもりだったけど、違ったんだ。完全にだまされていた……」

「でも、あなたにあんなことがわかるはずはなかったわ」カロラインは静かに言った。

「カロライン」ニックは氷のような手でカロラインの手をとった。「謝るよ、今までのことを。でも、なぜ話してくれなかったんだい？　ひとこと言ってくれれば、あんなひどいことをしなくても済んだのに……」

「言っても、信じてくれはしなかったはずよ」

ニックの顔が怒りで赤くなった。「ぼくは……」

苦しそうにニックは顔をそむけた。「そう、きみの言うとおりだ。信じやしなかっただろう」

長い沈黙があった。ニックは手を放し、震える手で髪をかきあげた。

「フォレスターは知っていたそうだな」

カロラインはうなずいた。

「きみが助けを求めに行ったのはあいつだったんだ。ぼくじゃなくて」ニックの声はざらざらしていた。

「偶然だったの。わたしから話したわけじゃないわ」カロラインは小さな声で言った。ヘレンはどこまで話したのだろうか？

ニックはからだを小刻みに震わせた。「ピーターに暴力を受けたあとも、きみは……」目に青い炎が燃えている。カロラインが黙っているので、ニックはこぶしを作って叫んだ。「少しでも彼のことを疑っていたら！」

「彼は病気だったのよ」カロラインは淡々と言った。

「病気だって！」

「フレイにきいてごらんなさいな。説明してくれるわ」カロラインはため息をついた。ニックのからだは怒りで脈打ち、今にも爆発しそうだ。男の暴力はもうこりごり。悲しみと恐れ、惨めさしかない思い出を忘れるために、早くひとりになりたかった。

「もうきいてみたよ。でも、信じられなかった。妻や子供にあんなことをする男は……」

「ピーターは自分のしていることがわからなかったのよ！　飲んでしまうと彼でなくなるの」

「でも、ピーターは飲み続けた」ニックは喉をひくつかせた。「酒をやめるのを拒んだ。フォレスターがそう言っていたよ」

カロラインは疲れた息を吐き出した。「ピーターはアルコール依存症だっていうのを絶対認めなかったのよ」

「フォレスターに良識があれば、警察に届けてなんとかしてもらっただろうに」ニックは眉をつりあげて、言葉を吐き出した。

「そんなことをしたら、お母さまは恥ずかしさのあまり自殺なさっていたわ」カロラインは言った。

「きみはどうなんだい？」ニックはじっとカロラインの緑の目をのぞきこんだ。「ケリーはどうなんだ？　どうしてフォレスターはなんの手も打たなかったんだ？　きみたちがおびえているのを知っていながら」

「だから、出て行ったの。最悪の事態にならないうちに逃げなければならなかったのよ。ピーターは本気でケリーをどうかしてしまいそうだったんですもの。手をあげるたびに彼の暴力は激しくなっていって——まるであの子を憎んでいるようだったわ」

ニックは顔をこわばらせてわけのわからないことをつぶやいていたが、立ちあがって窓辺へ行き、無言で外を見た。

「本当のことがわかった時、ぼくがどんな気持になったか、きみにわかるかい？」ニックは低い声で尋ねた。「どうして誤解を解こうとしなかったんだ……」

「どうでもいいことですもの」

「どうでもいいことだって！」

「本当のことを言うことはできなかったのよ。絶対誰にも言わないってお母さまに約束したんですもの。お母さまは他人に知られるのをとても恐れてらしたわ」

「でも、ピーターは死んでしまったんだ。別に問題はないじゃないか」

「三年ぶりに会ったお母さまはひどくやつれていらしたわ。そんなお母さまに、あなたに真実を話してくださいなんてとても頼めなかった。それに、たとえ話を聞いても、あなたが信じたとは今でも思えないわ」

「さぞかしぼくを憎んでいたことだろうな」ニックは乱暴に言った。

「あなたの気持はよくわかっていたのよ」

「え？」ニックが振り返った。

「だってピーターはあなたのいとこなんですもの。彼のことを信じるのは当然だわ」

ニックはカロラインの顔を穴があくほど見つめた。

「ぼくがきみのことをどう思おうと知っちゃいないってわけかい？」

カロラインはその質問に答えるつもりはなく、ニックの視線を意識しながらも頑固に沈黙を守った。

「カロライン……」ニックが口を開きかけた時、ドアがノックされ、ベントール夫人が微笑を浮かべながら入って来た。

「ドクター・フォレスターがお見えです」

カロラインはフレイの顔を見て、かすかに安堵《あんど》のため息をもらした。

「やあ、カロライン」フレイは灰色の目に笑みをたたえ、温かみのある声で言った。
「こっちへ来て、フレイ」カロラインは手を差し出して言った。
ニックは踵《きびす》を返すと、何も言わずに部屋を出て行った。

10

ニックは数日姿を現さず、カロラインは心底ほっとした。彼は以前よりさらに近づきがたくなっているし、今のカロラインにはそんな彼に立ち向かう元気はない。ニックがうわ言を聞いていなければ、ピーターの嘘《うそ》を疑ってみようとはしなかったことを認めたのにもかかわらず、自分だけが真実を知らされなかったことに腹をたてている。しかし、カロラインがあんなふうになっていなければ、彼は今でもピーターの嘘を信じ続けていることだろう。瀕死《ひんし》の事故という不慮のできごとだけが、彼に真実を知らせることができたのだった。

一週間後、ベッドから離れることを許された。すり傷はほとんど治っていて、念入りに化粧をすれば怪我《けが》をしたこともわからないぐらいだった。ギプスが隠れるほど丈の長い、たっぷりした黒いカフタンを着て、カロラインは階下へおりた。

　居間には天井から金ぴかのモールが垂れ下がり、壁には赤いリボンをつけたひいらぎやつたで作った花飾りがかけられていた。暖炉の炎が銀箔《ぎんぱく》や大きな金の星に当たってきらきら光る。松特有の香りをあたりに放っている背の高いクリスマスツリー。その下には趣向を凝らしたプレゼントが重ねられている。

「ケリーはクリスマスまで待てないのよ。しょっ中包みに書いてある宛名を読んでは中身は何かしらって想像しているんだから」ヘレンがこぼした。

「わたしはもう全部包み終わりましたわ」カロラインが言った。ヘレンと話をしていると、時間が楽しく過ぎていく。

「ニックへのプレゼントは何にしたの？」

「とりたてて珍しいものではありませんわ」カロラインは肩をすくめた。「何がいいかわからなかったものですから、本にしたんです。先週本屋に何冊か注文していただきましたでしょう？　あの中の一冊がニックへのプレゼントなんですよ」

　ヘレンは不審そうな顔をした。「たしか、あの子はあまり小説を読まなかったと思うんだけど」

「小説じゃないんです――イザムバード・キングダム・ブルネルの伝記ですわ」

　ヘレンはぽかんと口を開けた。「誰なの？」

「技術者です。最初に鉄の船を造った人で、鉄橋など多くのものを設計しているんですよ。鉄道のトンネルや……」

「きっとニックは興味を示すでしょうね」ヘレンは気のなさそうに言った。

「それにしようか手袋にしようか迷ったんですけど」カロラインが笑いながら言った。

「いい手袋はいつでも使えるわ」ヘレンがうなずいた。

「ニックの読む本は、工学に関する技術書か、伝記だということに気づいたんです」

「まあ、よく見てるのね。わたしなんか、まるで知らなかったわ」ヘレンが驚いた。

カロラインは目をそらしてごまかすように肩をすくめた。

電話が鳴り、家政婦がヘレンを呼びに来た。暖炉の炎を見つめて待っていると、微笑をたたえたヘレンが戻って来た。

「今夜、出かけてもかまわないかしら？　ジャネットのところでクリスマスパーティーがあるのよ」

「まあ、すてき」カロラインはすぐに答えた。「どっちみち、わたしは食事をいただいたらすぐに眠らなくてはなりませんし。どうぞ楽しんでいらしてください」

「本当にいいの？」

「もちろんですわ」その時、玄関でケリーの声がして、ふたりは同時にほほ笑んだ。ぼたんのように頬を真っ赤にしたケリーが居間へ駆けこんで来た。

「クリスマスカードを山ほどもらったの。それから、今日、学校にサンタのおじさんがやって来て、風船とおもちゃの時計をくださったのよ！」終業式のあと、ケリーが待ちに待ったクリスマスパーティーが行われたのだった。娘は母親にキスをしながら、大きな風船を高々とかかげた。

ケリーを送ってくれた車のエンジンがかかる音がし、ケリーは窓辺へ走って行って、後ろの座席に座っている少女に手を振った。

「今日はエミリーが大好き」ケリーの大好きな友だちは毎日変わる。彼女はまだクラスのどのグループにも属していないらしかった。

「まだブーツをはいているのね、ケリーちゃん」べントール夫人がとがめると、ケリーは家政婦のあとからおとなしく部屋を出て行った。ヘレンが時計を見あげた。

「急いでお風呂に入って、ドレスに着替えなくちゃ。パーティーなんて、ずい分久しぶりだわ。なんだか、わくわくしちゃう！」

ヘレンも出て行き、カロラインは目を閉じた。あの事故以来、ずい分気が弱くなっている。肉体的には回復しているはずなのだが、疲労感がとれない。

「徐々に疲労が蓄積していたんだよ」とフレイは言っていた。「きみは長い間重圧を背負ってきた。あの事故で、その緊張がぷっつり切れてしまったんだ。精神も肉体もずっと休息を要求していたのに、きみは一時も休もうとはしなかった。だから、精神と肉体がここぞとばかり休んでいるのさ」

「まるで精神と肉体が陰謀を企てているみたいじゃない！」

「ある意味では、そういうことだろうな」フレイは笑いながら言った。「でも、ぼくは悪いことだとは思わないな。いい休養だと思って、数週間気楽に休んでくれ。何も考えないで、ただただ休むんだ」

しかし、ただただ休むことなど、どうしてできよう？

ベントール夫人が入って来た。「夕食は何にいたしましょう、奥さま？　おひとりですから、ベッドまでお運びいたしましょうか？」

「ありがとう。そうしてちょうだい」疲労感が急に深まった。

「何がよろしゅうございましょう？」

「なんでも結構よ」食べ物の話題にはまったく興味が湧《わ》かなかった。自分でも説明できないが、叫びたい気分だった。

ベントール夫人は暖炉を勢いよくかきまわした。

「今夜は冷えますね。丘の上にまた雪が積もっていますわ。ホワイトクリスマスになるとよろしゅうございますね」

「そうね」

「そうなったら、ケリーちゃんにそり遊びをさせてあげようとニックさまがおっしゃっていましたわ」

「あの子はきっと喜ぶわ」涙で目がちくちくした。

「彼は今日は仕事なのかしら?」

「いいえ、今日は違うんですって」家政婦は顔をしかめながら腰に手を当ててからだをそらした。「また腰痛に悩まされますわ。寒くなると出てきて困るんですよ」家政婦はゆっくりドアへ向かった。「ニックさまはあのヘイゼル・スケルトンとお食事なんですよ。図々しい女——あの女のどこがいいのか、わたくしにはまったくわかりませんわ」

頬を涙がつたったが、カロラインは慌てて涙を払った。ふさぎこんでいるのを見れば、ヘレンはパーティーに行くのを取りやめるだろう。カロラインは明るい顔を作って義母を迎えた。

「大丈夫? 顔色がずい分悪いみたいだけど」ヘレンが心配そうな声を出した。

「すぐに横になろうと思っているんです。ベントール夫人がお食事を運んでくださいますから、そのあとすぐに眠りますわ」

「こんな天気の日は、ベッドの中が一番よ」ヘレンは笑いながら義娘《むすめ》にキスをして、出かけて行った。

入れ替わりにケリーがやって来て、床に座りこんでおしゃべりをした。「マミーもあたしのようにもうすぐおやすみするのね。なんだかおかしいわ」ケリーはくっくっと笑った。

「そうね」カロラインは無理に笑みを作ってうなずいた。家政婦に手を借りて二階へあがり、三十分後に夕食が届いたが、食欲は少しも湧かなかった。

九時半には明かりを消し、悲しげに窓をたたく風の音や、規則的に時を刻む時計の音を聞いていたが、いろいろなことを思い出してつらくなり、カロラインはスタンドをつけて、ペーパーバックを取り出した。わくわくするスリラーなのだが、あまりにも神経が高ぶっているため、一行を何度も読んでしまうようなありさまだった。

突然階段をのぼって来る足音が聞こえ、緊張感に耐えられなくなったカロラインは、明かりを消そうとした。が、手が目覚時計に当たり、時計が大きな音をたてて床に落ちた。

いきなりドアが開き、顔をこわばらせたニックが入って来た。「どうしたんだ？　何事だい？」

「ごめんなさい。時計を落としちゃったの」

ニックはベッドに近づいて来て、時計を拾った。ディナージャケットを着ているが、ネクタイを取り、シャツのカラーをはずしている。ニックは時計をサイドテーブルの上に置いた。

「気分はどうだい？」

「ええ、上々よ」カロラインは笑みを作った。

「足首は痛まなくなったかい？」

カロラインはうなずいた。

「ギプスはいつ頃取れそうだい？」

「もう間もなくだと思うわ」

ニックはポケットに手を突っこんでベッドの横に立っていた。「フォレスターは今日やって来たかい？」

「いいえ」カロラインの神経のひとつひとつはニックを意識していた。

「ひとつ個人的な質問をしてもいいかな？」ニックの目は一瞬カロラインの顔をとらえたが、すぐにそれていった。

「答えは保証できないわ」カロラインは身がまえた。

「あいつと結婚するのか？」

カロラインの顔は赤く染まり、胃が痛くなった。答えがないので、ニックはもう一度尋ねた。「するのか？」

「申しこまれてもいないのに、そんなこときかれても……」明るい声になっているのを願いながら、カロラインは答えた。

「それなら、言い替えよう。フォレスターが好きなのか？」

耳まで赤くなって、カロラインは不機嫌な声を出した。「いったいどれだけ個人的な質問をしようっていうの？」

「この質問に答えてくれれば、もうしない」ニックの声は太く不鮮明だった。

「どうして答えなくちゃならないの？」カロラインは子供のように口をとがらせた。

ニックはからだを休みなく動かしている。「知らなければならないんだ」

「あなたには関係のないことだわ！」

ニックの顔に怒りが広がった。「ぼくを苦しめるのはやめてくれ、カロライン！」

カロラインは我が耳を疑った。これは夢なのだろうか？

ニックはどうしていいかわからないというように、からだを揺すりながら背を向けた。「あの夜、きみはあいつのことを『いとしのフレイ』と呼んで、ほほ笑みかけた。顔がまるでいつもと違っていたよ。きみはあんな顔をしてぼくを見はしない」最後の言葉はほとんど言葉にならなかった。

「そうかしら、ニック？」カロラインは、血の気がなくなるほど握り締めているニックのこぶしを見つめた。

「きみの手当てのためには彼が必要だったけれど、心の中では、あいつがティンブクトゥへでも行ってしまえばいいと思っていたんだ」

「かわいそうなフレイ」

ニックはからだをこわばらせ、目をぎらぎらさせて振り向いた。「そうなんだな？　やはり、あいつに惚《ほ》れているんだな？」

　喉はからからに乾き、からだがぶるぶる震えた。頭がおかしくなったのだろうか？　夢を見ているのだろうか？　そうでなければ、彼の顔に浮かんでいる嫉妬《しっと》、声に表れている痛みは何？

　ニックはじっと緑の目をのぞきこんだ。「答えてくれ。フォレスターが好きなのか？」

　カロラインは心臓があまりにも大きな音をたてるので、ニックに聞こえてしまうのではないだろうか、と心配になった。「なぜ？　どうしてそれがあなたと関係あるの？」

「よくわかっているはずだ、カロライン」ニックはつらそうに言った。「ぼくの気持は知っているだろう？」顔は赤黒くなり、荒い呼吸が静かな部屋に響きわたった。

「ええ……」カロラインはためらいながらささやき、期待と不安で恥ずかしそうに目をあげた。

　ニックはカロラインが引く糸に操られるように、ベッドの端に腰をおろした。青い目は緑の目からやわらかいくちびるへ漂い、カロラインの脈は激しく打ち続ける。

　ニックはカロラインの髪に手を触れ、青白い顔を隠している髪を後ろへ払った。長い指がすべすべの頰をゆっくりおりていき、喉の曲線をなぞる。冷たい指先に火をつけられたように、カロラインのからだは震えた。

「ぼくを許すことができるかい？」

　カロラインはうつむいて、近寄って来るニックの胸の鼓動を聞いていた。

「ぼくを憎まないでくれ、カロライン」ニックはピンクのくちびるに指を這《は》わせながらささやいた。

「今さらこんなことを言っても許してもらえないかもしれないが。でも、ぼくだって地獄の苦しみを味わってきたんだ。わかってくれるだろう？　きみを手に入れるためなら、真っ赤に燃えている石炭の上を歩いてもいいと思っているのに、心の底からきみを軽蔑《けいべつ》しなければならなかったんだから。自分がいやでたまらなかった。そんな気持がわかるかい？」

　カロラインはニックと目を合わせることができなかった。

「きみを知れば知るほど、頭は混乱していった。きみは不可解だった。まるで鏡の裏側にいるような気持だったよ。どうしてもぴったりかみ合わないんだ。本当に気が狂ってしまいそうだった。一方ではきみを自分のものにしたいし、一方ではきみを憎まなければならないんだから。自殺するか、きみを殺すかというところまで思い詰めたんだよ」

「殺すとしたら、わたしのほうだったでしょうね」カロラインはうれしくてふらふらしていた。「殺されても不思議じゃないぐらい、わたしはひどい人間だったんでしょう？」

　ニックは凍りついたように動かない。顔をあげたカロラインの目は輝き、頬は赤く染まり、笑みが揺れていた。

　ニックはカロラインのあごの下に手を置いて顔を近づけた。「カロライン……」

　カロラインはニックの口に手を置いた。「だめよ」

「だめ？」ニックは眉を寄せた。「ぼくのものになりたくないのかい？」

「あなたの目的がはっきりわからないの。もう少し説明してちょうだい、かまわなければ」

　青い目に火花が散った。「やましいところは少しもないよ」

「それならば、おやすみなさい」

「なんだって？」ニックは狐につままれたような顔をした。

「プロポーズをしてくださったのなら、考える時間をいただきたいの」カロラインは甘い声で言った。「だって、あなたには夫にふさわしくないところがいくつかあるわ。気性は激しいし、わたしが真実を語っているのに、あんな事件がなければ、わたしを信じてくださらなかったわ」

　ニックは難しい顔をして目をあげた。「ぼくの意図がやましいものだったら、どうする？」

「違っていたでしょうね」カロラインがじらした。

　ニックの口がゆがんだ。「じゃ、考え直してもいいかい？」

「いいえ。そんなことを聞き入れるわけにはいかないわ。あなたは今態度をはっきりさせたんですもの」

　ニックはかすれ声で笑いながら顔を近づけた。

「ちょっとキスをするのもだめかい？」

　カロラインはためらったが、「ほんの少しなら」と言って頰を差し出した。

　ニックは頰にキスするようなそぶりでくちびるを近づけたが、いきなりカロラインの顔を自分のほうへ向かせた。驚く間もなくニックはくちびるを合わせ、熱いくちづけが燃えあがった。カロラインは喜びのため息をつきながら腕をニックの首に巻きつけて、彼の黒い頭を抱き締めた。

　くちびるが離れていった時、心臓の音は聞きとれるほど激しく打っていた。「愛している」ニックは乾いた声でささやいた。「死ぬほど愛しているよ、カロライン」

　広い肩にもたれたままカロラインは言った。「ああ、いとしいニック、ずっとあなたを愛していたわ。気が狂いそうになったこともあるの……。あまりにも長い道を旅してきたから、今、めまいがするわ」

「ぼくだって」ニックはやさしく首筋にくちびるを這わせ、小さな震えがカロラインの背筋を駆けおりた。「こんな場面を夢見ていたんだ。何度も何度も。

きみのにおいをかぐと、頭がふらふらして正気を失ってしまいそうだよ」ニックは頭を引いて、せがむような目でカロラインを見つめた。「すぐに結婚してほしい……もう待てない。今までこんなに長く待ってきたんだから」

カロラインは微笑を浮かべ、声を震わせた。「片足にギプスをはめたままじゃ、結婚できないわ。フレイのお許しが出るまで待たなくちゃ」

ニックの顔から笑みが消えた。「フォレスターとの間に何かあったのか、カロライン？」

「いいえ」カロラインはきっぱり言った。「わたしを信じてくれる、ニック？」

ニックの目が情熱にきらめいた。「うん。きみを二度と疑ったりしないよ、ダーリン。あんなにひどいことを言ったりしたりした自分をぼくは一生許せない。でも、ピーターにつらい目に遭わせられていたきみが男性不信にならなかったのは不思議だな」

「そうね」カロラインの顔は沈んだ。「ロンドンにいる間も、あなたを心から追い出してしまうことができなかったわ。あなたはしっかりわたしの心にとりついて、全然離れていかないんですもの」

ニックは顔をこわばらせて、小刻みにからだを震わせた。「ピーターがきみに関する嘘を次から次へと生み出すのをあんなにひんぱんに聞かされていたのを思い出すと……」

「ピーターの話はやめて」

「まだピーターが怖いのかい？」ニックは心配そうな顔をした。

「思い出す時だけね」

ニックは声をひそめて悪態をついた。「ああ、カロライン。きみに味わわせてしまった苦しみを考えると——自分が憎いよ」

「憎むことはないわ」カロラインは明るく言った。「もうあなたはわたしのものなの。誰にもあなたを憎ませやしない。たとえあなた自身でも」

ニックは笑いながらくちびるを寄せ、はちみつのようなブロンドの髪をいとおしそうになでた。その指が肩、喉、そして胸の間の深い谷間を愛撫《あいぶ》すると、カロラインのからだの中で欲望が燃えあがっていった。やがてふたりの情熱がのぼりつめてひとつになった時、階段をのぼって来る足音が聞こえた。

ニックが慌てて身を起こす。カロラインは笑いながら、起きあがろうとしてもがくニックを見ていた。ノックの音がした。「起きている？」ヘレンが顔をのぞかせた。

髪がくしゃくしゃになり、真っ赤な顔をしたニックがいるのに気づいて表情を変えた。

「まあ！」ヘレンは口を大きく開けて叫んだ。

ニックは両手をポケットに突っこんで、ヘレンの視線を避けた。

カロラインはもう少しで声をあげて笑いそうになったが、思いとどまり、愛情をこめて義母にほほ笑みかけた。お母さまはきっと何がなんだかわからないだろう。わたしはフレイと結婚して、幸せに暮らすのだ、と思いこんでいらしたのだから。かわいそうなお母さま！　まるでバスにひかれたみたいな顔をしている。

「お母さま」カロラインは静かに口を開いた。「お話があるのですけれど」

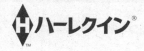

ハーレクイン・イマージュ　1983年12月刊（I-110）

ハートブレイカー

2025年3月5日発行

著　者　シャーロット・ラム
訳　者　長沢由美（ながさわ　ゆみ）

発行人　鈴木幸辰
発行所　株式会社ハーパーコリンズ・ジャパン
東京都千代田区大手町1-5-1
電話 04-2951-2000（注文）
0570-008091（読者サービス係）

印刷・製本　大日本印刷株式会社
東京都新宿区市谷加賀町1-1-1

表紙写真　© Lightfieldstudiosprod | Dreamstime.com

造本には十分注意しておりますが、乱丁（ページ順序の間違い）・落丁（本文の一部抜け落ち）がありました場合は、お取り替えいたします。ご面倒ですが、購入された書店名を明記の上、小社読者サービス係宛ご送付ください。送料小社負担にてお取り替えいたします。ただし、古書店で購入されたものについてはお取り替えできません。®とTMがついているものは Harlequin Enterprises ULC の登録商標です。

この書籍の本文は環境対応型の植物油インクを使用して印刷しています。

Printed in Japan © K.K. HarperCollins Japan 2025

ISBN978-4-596-72317-8 C0297

◆◆◆◆ ハーレクイン・シリーズ 3月5日刊 発売中

ハーレクイン・ロマンス

愛の激しさを知る

二人の富豪と結婚した無垢 〈独身富豪の独占愛Ⅰ〉	ケイトリン・クルーズ／児玉みずうみ 訳	R-3949
大富豪は華麗なる花嫁泥棒 《純潔のシンデレラ》	ロレイン・ホール／雪美月志音 訳	R-3950
ボスの愛人候補 《伝説の名作選》	ミランダ・リー／加納三由季 訳	R-3951
何も知らない愛人 《伝説の名作選》	キャシー・ウィリアムズ／仁嶋いずる 訳	R-3952

ハーレクイン・イマージュ

ピュアな思いに満たされる

捨てられた娘の愛の望み	エイミー・ラッタン／堺谷ますみ 訳	I-2841
ハートブレイカー 《至福の名作選》	シャーロット・ラム／長沢由美 訳	I-2842

ハーレクイン・マスターピース

世界に愛された作家たち
～永久不滅の銘作コレクション～

紳士で悪魔な大富豪 《キャロル・モーティマー・コレクション》	キャロル・モーティマー／三木たか子 訳	MP-113

ハーレクイン・ヒストリカル・スペシャル

華やかなりし時代へ誘う

子爵と出自を知らぬ花嫁	キャサリン・ティンリー／さとう史緒 訳	PHS-346
伯爵との一夜	ルイーズ・アレン／古沢絵里 訳	PHS-347

ハーレクイン・プレゼンツ作家シリーズ別冊

魅惑のテーマが光る
極上セレクション

鏡の家 《ハーレクイン・ロマンス・タイムマシン》	イヴォンヌ・ウィタル／宮崎　彩 訳	PB-404

※予告なく発売日・刊行タイトルが変更になる場合がございます。ご了承ください。

3月14日発売　ハーレクイン・シリーズ 3月20日刊

ハーレクイン・ロマンス
愛の激しさを知る

消えた家政婦は愛し子を想う	アビー・グリーン／飯塚あい 訳	R-3953
君主と隠された小公子	カリー・アンソニー／森　未朝 訳	R-3954
トップセクレタリー《伝説の名作選》	アン・ウィール／松村和紀子 訳	R-3955
蝶の館《伝説の名作選》	サラ・クレイヴン／大沢　晶 訳	R-3956

ハーレクイン・イマージュ
ピュアな思いに満たされる

スペイン富豪の疎遠な愛妻	ピッパ・ロスコー／日向由美 訳	I-2843
秘密のハイランド・ベビー《至福の名作選》	アリソン・フレイザー／やまのまや 訳	I-2844

ハーレクイン・マスターピース
世界に愛された作家たち
〜永久不滅の銘作コレクション〜

さよならを告げぬ理由《ベティ・ニールズ・コレクション》	ベティ・ニールズ／小泉まや 訳	MP-114

ハーレクイン・プレゼンツ作家シリーズ別冊
魅惑のテーマが光る
極上セレクション

天使に魅入られた大富豪《リン・グレアム・ベスト・セレクション》	リン・グレアム／朝戸まり 訳	PB-405

ハーレクイン・スペシャル・アンソロジー
小さな愛のドラマを花束にして…

大富豪の甘い独占愛《スター作家傑作選》	リン・グレアム 他／山本みと 他 訳	HPA-68

文庫サイズ作品のご案内

◆ハーレクイン文庫…………………毎月1日刊行
◆ハーレクインSP文庫……………毎月15日刊行
◆mirabooks…………………………毎月15日刊行

※文庫コーナーでお求めください。

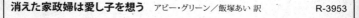

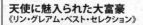

“ハーレクイン”の話題の文庫

毎月4点刊行、お手ごろ文庫！

2月刊
好評発売中！

ダイアナ・パーマー
傑作選
第2弾！

『とぎれた言葉』
ダイアナ・パーマー

モデルをしているアビーは心の傷を癒すため、故郷モンタナに帰ってきていた。そこにはかつて彼女の幼い誘惑をはねつけた、14歳年上の初恋の人ケイドが暮らしていた。

（新書 初版：D-122）

『復讐は恋の始まり』
リン・グレアム

恋人を死なせたという濡れ衣を着せられ、失意の底にいたリジー。魅力的なギリシア人実業家セバステンに誘われるまま純潔を捧げるが、彼は恋人の兄で…!?

（新書 初版：R-1890）

『花嫁の孤独』
スーザン・フォックス

イーディは5年間片想いしているプレイボーイの雇い主ホイットに突然プロポーズされた。舞いあがりかけるが、彼は跡継ぎが欲しいだけと知り、絶望の淵に落とされる。

（新書 初版：I-1808）

『ある出会い』
ヘレン・ビアンチン

事故を起こした妹を盾に、ステイシーは脅されて、2年間、大富豪レイアンドロスの妻になることになった。望まない結婚のはずなのに彼に身も心も魅了されてしまう。

（新書 初版：I-37）

※ハーレクインSP文庫は文庫コーナーでお求めください。